愛麗絲之後

Alice In Afterland

小葉欖仁——著

第四屆金車奇幻小說獎**決選入圍作品**

Content

目次

【評審推薦】

作者勇氣可嘉，面對舉世皆知的經典毫無懼色，在《愛麗絲之後》小說中包含許多文學趣味以及象徵，甚至進一充滿延伸原作之外的逸趣，作者的企圖心讓人佩服。簡單說，《愛麗絲之後》是經典的續寫，一般而言，續作並不容易討好，《愛麗絲之後》珠玉在前仍頗有新意，這是最可以稱道的地方。

作者文筆亦值得嘉許，雖使用華文，卻不覺與英文環境有嚴重的違和感。文字傳遞想像力之餘，又加入一些英國在十九世紀下半的社會元素，而描摹愛麗絲的家庭，父親、姐妹以及道奇森叔叔（原作者路易斯・卡羅）等人的互動也活靈活現。

通篇結構以奇幻故事為經，以愛麗絲這位童話中女主人翁的真實生活為緯，《愛麗絲之後》精采處更在於寫出少女成長過程的矛盾、與徬徨，真切動人。虛實之間的轉換譬如以下這一段，愛麗絲在望著父親必須出門（預感到父親將面對艱難處境）以及在被三月兔喚醒（她的奇幻夢境）前，一段意識流內心獨白：

大人最討厭了。

就是在如汪洋的溫柔裡，凸出的小小的、嚴厲的礁石，才讓人覺得刺痛。

這就是成熟嗎？

愛麗絲癱在床上，感覺空間逐漸歪曲，她好想逃。

空間歪曲，然後感受到一種掉落感，她反射性地閉上眼睛。

——愛麗絲。

——愛麗絲！

——快醒醒！愛麗絲！

聽見三月兔的叫喚……

夢境與現實交錯，愛麗絲預見未來進入的大人世界，其中的殘酷、苦澀以及種種為難，蕩漾在少女心中，如同溫柔海洋中粗礪的礁石……

平路（名作家、純文學名家）

首章　愛麗絲

《愛麗絲夢遊仙境》，那可是連維多利亞女王都為之狂熱的傑作。

時值工業革命盛期，文明發展已無法填補人文萎縮帶來的空虛。在這黑煙四散，由鐵砧與蒸氣構成的英國，只有文學支撐著首都的文化基礎。

歷經飢餓與飽腹、家徒四壁與富麗堂皇的循環，人們意識到其間並不存在緩衝地帶。在這當下，無人不對未來感到迷茫。

此時，一冊童話給他們帶來了夢境。

大眾對夢的渴求促成龐大銷量，連帶著愛麗絲．李德爾也成為了名人。

但與世人認知的不同，這一切正是愛麗絲親手造就的。

——她墜進了自己挖的兔洞裡。

大作家路易斯．卡羅，他是愛麗絲的忘年之交、更是疼愛晚輩的長輩。有天他們與幾位朋友到泰晤士河畔遊玩，年僅七歲的愛麗絲一時興起，便將關於仙境的事都說給他聽了。

他則依據愛麗絲的口述，將之改寫成故事。

其結果，永久轉變了愛麗絲與周遭的關係。

１８７０年，大英帝國首都倫敦。

時值夏季傍晚，一名少女正走在從學院歸家的路上。

頭戴附有寬大荷葉邊的帽子，其下垂著長而順直的、直抵腰部的金髮，碧藍的瞳仁、蒼白的肌膚，與那較同齡人來說非常纖小的身材，使其看來就像櫥窗裡展示的人偶。

她誇張地挺起胸膛、扭著腰部，以緩慢的步伐在石鋪大街上行走，旁人一眼就能看出不自然之處，如同小孩硬裝著淑女走姿。

「嘿！妳今天要去哪？帽客的茶會時間還沒到喔。」而當身後傳來另一名少女的呼聲，這種裝出來的姿態便被徹底打破。

「拜託！別鬧了，妳知道書上寫的都不是真的。」宛如被戳到痛處，她跺腳轉身，朝來人瞪了一眼。

「這可不是看朋友的眼神。」

「艾瑪，我們當然是最好的朋友，除非妳繼續提起那本書。」

被稱作艾瑪的少女縮了下脖子，她整頭褐色捲髮也隨之跳動：「愛麗絲，我還是搞不懂妳，身為名人，每天都能遇見出色的男士，妳還有什麼不滿的？」

少女名叫愛麗絲·李德爾。

愛麗絲——已成長到十六歲、夢遊仙境的主人公，她頂著幾乎蓋住整顆腦袋、與瘦小身材極不成比例的荷帽，對摯友翻著白眼：「那只是童話而已，別人硬讓妳穿著幼稚又過小的服飾，妳還會覺得舒適嗎？」

「唔，」艾瑪不知如何回嘴，於是說：「那為什麼戴了頂大帽子？」

「妳不覺得熱嗎？」愛麗絲理所當然道：「夠大的帽檐才能擋住陽光。」

「一點也不覺得，誰叫妳都在看書，曬曬太陽又不會怎樣，我們很久沒遊湖了。」

「我對遊湖沒有好印象。」

「就算泰晤士河變髒了，還有其他地方可去吧？」

「不是因為這個。」愛麗絲搖頭。

「嗯？」艾瑪一愣，隨即拍手。

「是因為道奇森叔叔？」

愛麗絲沒說話，只點了點頭。

「拜託！就是因為那次游湖，叔叔才寫出夢遊仙境耶，連女王陛下都讚不絕口，這可是莫大的榮耀。」

路易斯．卡羅，本姓道奇森，愛麗絲不太想聽到這個名字。

「我真不理解，那種書有什麼好？胡言亂語，就跟幼稚的孩子一樣，」愛麗絲哼聲：「妳知道嗎？自從它出名以後，每個人一見面都問我那是不是真的，紅心皇后、柴郡貓、帽客，然後是愛麗絲，大家都把我當作書中人物，但我是活生生的啊！」

「別激動……」

「他們總是聽不明白。還有，上次又有個男生來找我，我還以為……哎呀！」

一陣強風吹過，颳走了愛麗絲的大帽子，她急忙追去，卻因裙擺過窄而跑不快。

艾瑪連忙跟上，起初兩旁都是亮麗整齊的紅磚房、石板鋪的街道，直到過了幾個街區，前方景色逐漸變化，塵泥遍地，簡陋的連排屋一棟接一棟映入眼簾，到處都是衣衫襤褸的人們。

「喂！停下！那裡不可以去。」

「怎麼了？啊……」愛麗絲撿起帽子，拍掉上頭的灰塵，左看右看，輕叫一聲，才發現自己已踏進貧民窟。

她想走，裙襬處卻傳來一股拉力。

愛麗絲低頭，看見一位小男孩，他正緊緊抓住她的裙角，褲管左邊長右邊短，上衣還破了幾個大洞。

「怎麼？」愛麗絲想抽回裙子，卻發現無論怎麼拉扯，這小孩都死死抓著不放。

「大姊姊，請施捨一點錢吧。」

男孩伸出枯木般的細手：「我爸爸被工廠解雇了，媽媽那又很久沒有客人，我們家快餓死了！拜託您施捨一點錢吧！」他哀求著，眼淚一顆顆滾落。

愛麗絲雖驚愕，見他哭得可憐，表情也柔和下來，想著拿點零用錢出來並沒什麼大不了，便伸手進口袋。

然而，身後又傳來一陣吆喝。

「可惡的小東西，又在幹什麼勾當啦？」穿著深藍色制服的員警大步走過，胸口的警徽閃閃發亮。

員警走上前，直接揪住小男孩的頭髮，一摔！

男孩瘦小的身軀被甩得老遠，重重摔在地上，不住抽搐著。

員警狠瞪了正往這瞧的民眾一眼，又轉而上下打量愛麗絲，見她穿著體面，即正色道：「無意冒犯，那小子近日來招搖撞騙，許多人都成了受害者，這點懲罰算是輕了……而妳，妳從哪來的，就往哪回去吧，這裡可不是好地方。」

愛麗絲正為男孩抱不平，手臂卻被抓住，回頭一看，是艾瑪。

「員警先生，對不起，她只是來撿帽子的。」艾瑪馬上拉著她跑出貧民窟。

「妳做什麼！」離開貧民窟，走到靠近廣場的地方，愛麗絲站定腳步，見對方的臉色並不好看，語氣弱了幾分：「他很可憐……」

「妳跑進去，我們會被罵的！妳父親可是副校長。」

「但是他有困難，助人可一點也沒錯。」

「但我們會被罵耶。」

「反正我沒做錯，這是為什麼？」

「『不能進貧民窟』大人都這麼說，他們說那裡是最下流的地方，骯髒的人民、充滿欺瞞的交易、所有無恥鼠類都聚在那裡。」

「好吧……」愛麗絲雖不太願意接受這說法，還是低聲道：「可是剛剛那員警不知道我們的名字，他沒辦法跟爸爸通風報信。」

「誰知道？他們的本事大得很。」

艾瑪聳聳肩。

「愛麗絲，聽說妳今天跑去貧民窟了？」男人坐在書房的木椅上，往壁爐裡丟了幾枚柴薪。天氣已經夠熱了，爐子裡當然不會點火，他只是往無火的爐裡添柴，這是個習慣，然而愛麗絲無論見了多少次都感到莫名其妙。

「爸爸，我的帽子被吹走了，我只是追過去而已……」

男人看上去約四十來歲，一頭金髮已有部分往白色過渡，穿著傳統紳士服，削瘦的身材與知性的眼神，此時帶給愛麗絲的印象卻只有威嚴。

他是她的父親，學校的副校長。

「是嗎？但為什麼妳還想資助一個小孩？聽說妳把錢都放在外側口袋，這不是明智的決定，很容易被偷的。」

愛麗絲驚訝地渾身一抖，她不知道父親為何會瞭解得如此詳細。

或許跟艾瑪說得一樣，秩序的管理者各個神通廣大，因為這城市實在太需要秩序。

「我原本想甩開他，但他好像很可憐，所以想幫個小忙，」愛麗絲不理解父親的表情為何如此嚴肅：「我真不知道我錯在哪。」

「一個『小忙』？沒錯，對我們來說只是幾餐飯錢，但對窮人來說，那絕對如天降恩惠。」
「用一個小小的付出，得到對方遠超出範疇的感恩，這樣我不是賺了嗎？」
「妳是個聰明的孩子，愛麗絲，但妳沒考慮到自己的安全。」父親眉頭緊皺，眼神就像在看著不懂事的小孩。
愛麗絲覺得自己已經十六歲，有自己的思考、更不是小孩了。父親不該這樣看自己。一定是因為那本書。
童話為自己定下了幼稚的印象，如果不盡快成熟起來，那一生都得被這種目光看著。
「什麼意思？」愛麗絲問。
「妳不知道你的行為會給自己帶來多大的危害！」
父親像被什麼刺痛般，語氣忽然激烈起來，平日的溫和穩重消失無蹤。
「危害？」愛麗絲反覺不服，於是冷哼：「反正我沒做錯！」
「啪」
一巴掌，愛麗絲只覺臉上熱辣辣地疼。
她哭了。
大人總是這樣，平常都很和善、讓人討厭不起來。但有時又什麼都不說清楚，搶先一步動用權威。
「妳回房間吧，或許我得讓教授增加妳的作業量。」

「爸爸……」

「再說？三倍！」

愛麗絲姍姍地走出書房。

她擦掉眼淚，愛麗絲可不想當書裡的愛哭鬼。

「愛麗絲，妳剛剛哭了嗎？」愛麗絲走到房間門前，身後傳來聲音。

「勞琳娜……」

來人是勞琳娜，愛麗絲最親愛的大姊。她長著波浪狀的金髮，這令直髮的愛麗絲羨慕不已。眼角略微下垂，是最溫柔的那種眼形。

勞琳娜抱住了愛麗絲，身高差距讓她的臉直接埋進對方的胸脯。

「親愛的，今天的事我已經聽說了，貧民窟是危險的地方，爸爸是在擔心妳，所以別怪他，好嗎？」她的手輕輕拂過愛麗絲的臉頰，疼痛似乎和緩了點：「況且妳今天的行為的確欠缺考慮。」

「我不懂，妳可以告訴我嗎？」

「愛麗絲，妳不是總愛說自己長大了嗎？事情的對錯並無絕對——變得成熟，這意味著必須從不同的角度看待事情。好了，妳現在回房間好好思考一下，再洗個香噴噴的澡，」勞琳娜頓了頓：「晚餐我會給妳送去，嗯……得請廚房那煮點妳愛吃的，要什麼點心？」

「司康可以嗎？」

「當然可以！現在我就過去說說，記得寫作業。」她走前揉了下愛麗絲的頭。

回房間換一身衣裳，撫摸寵物貓的肚皮，牠發出呼嚕呼嚕的鼾聲，愛麗絲會心一笑。寫完作業時已接近黃昏，勞琳娜拿來的奶油司康餅味道很好，趁洗澡時思考片刻，還是不得其解。

躺在床上，仰視天花板，大風扇轉了一圈又一圈，像漩渦、又像馬車的輪子。

愛麗絲昏昏欲睡，忽地感覺身體像從高處落下般，猛地抽動一下，卻沒有驚醒。而是循著墜落感持續下降，她掉進了洞裡。

貳章　仙境

——愛麗絲。

——愛麗絲……

——愛麗絲，**醒醒**。

「噢，我已經在夢中了，為什麼要醒來？」愛麗絲睜開眼，起身後搖頭晃腦，發現近處樹梢上趴著一隻紫色大貓。她永遠都是那副居高臨下的樣子，胡言亂語、惹人反感。

「因為妳昏過去了。」貓咧嘴笑，聲音中帶有強烈磁性。

「在夢中昏過去？柴郡貓，『笑口常開』並不代表妳具備『幽默感』。」

「昏過去就要醒來，不是從夢中、而是『在夢中醒來』。」

愛麗絲頓足：「我不想跟妳討論這些細枝末節！」

「細節往往是最重要的。」

「我才不會錯過細節，只是和妳講這些實在很沒意義。」她聳聳肩，哼了一聲。

「喔，細心的大女孩，那相信周圍的景色對妳來說，也是細・枝・末・節。」一字一頓地說完最後四字，她的身體逐漸變得透明，露齒的笑容停留在空中數秒，隨後徹底消失。

「什麼？」

愛麗絲踮著腳尖，左看右看。

鐵皮覆蓋了山崖。

鋼鐵的支架爬滿大地，由空隙處冒出煤煙，草地被鉚釘與蒸氣、還有錫箔取代，叮叮咚咚的，愛麗絲才發現，剛剛柴郡貓待著的大樹，其樹墩已被替換成了金屬軸承。

「好吧，或許我是粗心了點，但我不記得那群拜金主義者在仙境開了分廠。」

討厭的工業……她被地下冒出的煤煙嗆了一下，多懷念以往的鳥語花香啊。

到底發生了什麼？愛麗絲非常確定——仙境，這個瘋狂的世界，正發生著某種本質上的變化，它變得更加……駭人？更加混亂，或更加規矩。

「貓？妳去哪？」

「妳還沒告訴我該往哪走呢。」

真是怠忽職守的引路人，這下可好，貓不見了，又沒看到白兔。

在夢裡走斷腿，醒來後腿會痠嗎？

一面瞎想，一面尋找路標，在仙境裡方位毫無意義，所謂的路標，真論起來更接近契機，一個小事件之類的。

「有人嗎？」愛麗絲大叫。

「沒——有——人——」

「我從不知道回音還會跟原本的意思不同。」

「這——裡——是——仙——境——」

「夠了，別以為夢裡出現什麼怪現象都是可以接受的，仙境裡才沒有能和人對話的回音。」

「對——不——起——」

聽著聲音的方向，愛麗絲撥開錫箔製的草叢，那裏有個小小的鑰匙孔，他躺在地上，這意味著鑽過去之後，會直接掉入某個地洞。

「是你？」

「對，是我。」鑰匙孔上下張合，頂部的眼痕裝飾裂開，露出閃亮亮的瞳仁：「好久不見，明天見，昨天見……」

「我想我應該通過你，」愛麗絲皺起眉頭：「你只是鑰匙孔，門呢？」

「他沒和我在一起。」

「你失業了？」

「不，是門失業了，沒有我，它只是一扇打不開的門，或者說一堵牆壁。」

「但沒有門，你又有什麼用處？說到底，你們究竟是怎麼分開的？」

「是紅心皇后。」

「那個蠻橫的獨裁者？說，她又做了什麼？」

「噓……汙衊一個統治者可不怎麼明智，」鑰匙孔說：「她派來的士兵說著什麼『規矩』、『秩序』，又說門的顏色實在太繽紛了，跟那瘋……尊敬的皇后的理念不符，於是就把他漆成了灰色，不是我要說，那實在好難看，我受不了，就跟他拆夥了。」

「但你的顏色仍然很亮眼，讓我猜猜，是你逃走了、被士兵追殺，然後才躲到這個草叢裡對吧？」

「這……」

「找到了，在那！」吆喝聲從不遠處傳來，愛麗絲望見幾個撲克牌士兵的身影，手上拿著劍或長槍，唯獨沒看到油漆桶什麼的，看來是打算對這鑰匙孔趕盡殺絕。

「嗯哼，我得趕緊走了。」愛麗絲在地上摸索著什麼，一個小玻璃瓶出現在她手中，小心地衡量份量，只要一小口就好。她的身體急速變小，剛好是能通過鑰匙孔的尺寸。

「愛麗絲，妳得救救我！」

愛麗絲拖來一段樹枝，橫著架進鑰匙孔。如果通過的時候他說起話來，自己或許會被開合的鎖框夾扁，這可不好。

愛麗絲一躍而下。

破碎的聲音夾雜慘叫自上頭傳來，愛麗絲閃過幾枚由洞頂落下的石塊，看來要崩塌了。她頭也不回地奔跑，直到身後聲音稍減，轉過頭，入口已完全被土石封死。

現在的問題是，這是什麼生物挖的地洞？

沒有爬痕、沒有爪痕，也就是說不是蛇，更不是老鼠或蚯蚓的傑作。

伸手觸摸洞壁，冰涼堅硬，粗糙的表面，到處都是溢流的痕跡，就像某種濃稠的液體被凝固起來。

好熟悉，這是瀝青？

「怎麼到處都是這些醜死人的東西？」

「話可不能這樣說。」

「誰？」

「希望妳沒有帶妳的貓來。」

愛麗絲轉身，看到了一隻小老鼠，他有著比身體還長的尾巴與大耳朵。

「喔，是你，」愛麗絲問：「你在這做什……我是說，這是哪裡？」

「提示：哪裡會有老鼠？」

「下水道？啊，我懂了。」

「對，沒錯，這裡是皇后最近修建的下水道，拜此所賜，仙境變得更加衛生、還有良好的生活空間，我們都很感謝她。」

「原來如此。但這裡只是我的夢，為什麼要考慮到這些？」

「妳又何嘗不是我的夢？」小老鼠說：「皇后在大力建設這個仙境，她得確保一切都無懈可擊。」

「建設？不是破壞？」

「這就得看妳的想法了，愛麗絲。」

「或許下次我得把戴娜一起弄過來，以確保你們不會再含糊說話……喔，黛娜是我養的貓。」

「不！愛麗絲，千萬別！」他顯得非常慌亂，險些踩中自己的尾巴：「妳看起來像迷路了，我知道妳接下來該去哪。」

「我說、我全都告訴妳，所以別・帶・貓・來！」

「好，只要你說。」

「妳應該去帽客那裡。」

「真是太好了，你叫我去找個瘋子？」

「仙境到處都是瘋子，瘋子找瘋子，有什麼不可以？」

「你說我是瘋子？」

「那是妳說的，」他想起貓的事情，語氣馬上變得恭敬：「真是抱歉，但帽客也在找您，也許她可以給您一些建議。」

「她找我作什……我需要什麼建議？」

「您在睡著前可能在想著什麼問題，別問我為什麼看得出來，仙境就是這樣。」

「好吧。」愛麗絲望著通道深處：「我要怎麼走？該在哪裡轉彎？」

「走？不，妳只要『想』就好。哦，我該走了，祝您好『運』。」

愛麗絲看著老鼠跑遠，他就像在躲避著什麼。

轟隆隆……

轟隆隆隆……

水聲，愛麗絲很快反應過來，這裡可是下水道啊！

急速湧動的水流自通道另一頭逼近，愛麗絲曾聽博學的二姊說過，在遙遠的南方有種現象，名叫『海嘯』，她當場嗤之以鼻，海水怎麼可能會像移動城牆般推進？她肯定把紀實書和奇幻故事搞錯了！

這就是……海嘯嗎？愛麗絲瞪大眼睛，轉身就跑。

當然跑不過，愛麗絲感受到背後傳來巨大衝擊，她並沒有被淹沒，強勁的水流如一面實質的牆壁，頂著她的背部不斷邁進。

愛麗絲已經搞不清是水流推著她跑，還是她拖著水流跑，興許根本沒有移動，下水道昏暗的壁面完全不適合拿來當參照物，

前方突現光明，是排水口。

水流沖到外頭，愛麗絲卻仍被衝力拋飛，越過白雲、山崖，越過荒山野嶺，最終落在一個峽谷中。

「濕透了……」愛麗絲哭喪著臉，手提鞋子漫步而行，不時仰頭望天。

黃澄澄的天空，赤紅的雲朵，峽谷間暈開的水氣折射，令光線也透著落日前的虛華。

黃昏的天空是靜止的，沒有鳥起飛，沒有鳥落下，正在空中的牠們也沒有移動，就吊掛在那

裏，保持同一個姿勢。

好消息是——這裡沒有討厭的工業汙染。愛麗絲望著兩側的懸崖峭壁，雙手環抱胸前，壞消息是根本上不去。

但她至少知道自己已經來到帽客的地盤，不知為什，茶會組合只在時間靜止的區域活動。或者說，茶會組合所在的地方總是時間靜止；無論如何，帽客她們應該離這裡不遠。採了朵蘑菇，輕咬一口，恢復原身高後沿著河道邊走，隱隱能聽見水聲，嘩啦嘩啦的，前面應該有個瀑布。

峽谷、瀑布跟長得要命的雜草，可能又是個險境。

「嘿——有人嗎——？」

愛麗絲撥開擋在身前的長草叢，映入眼前的，卻是另一副光景。

峽谷的終點，屹立著一顆人頭。

人頭——有眼睛鼻子嘴巴的人頭

當然，愛麗絲無法確定那是否是人類的頭顱，因為它有一棟房子那麼大，皮膚龜裂硬化，像岩石多於血肉。多半是因為年代久遠，它的眼球早已腐爛消失，兩道瀑布從黑洞洞的眼眶流下。

死人還會流淚？愛麗絲面對著它，驚嘆道：「如果它是完整的人，得有多大啊？」

——喔，我的朋友，他曾經像鐘塔那麼大。

——不，比那還大。

——多大？

——像茶在妳心中的地位。

——像茶在他心中的地位？

——像茶在我心中的地位。

——那真夠大的！

——可不是嗎？

——如「歎」寬廣的胸懷。

——如「歎」死於非命的冤屈。

——喔！致我們的朋友——「歎」，我們總有一天將為你平反。

在水聲中傳出聲音，愛麗絲以為這是在回答自己的疑問，但聽起來更像在唱歌，可從歌詞看來，又像胡鬧寫的訃文。

聲音是從上面傳來的。愛麗絲仰頭，發現峭壁上有個突出平台，但礙於角度問題，她看不見上面的人。

「上面的是帽客嗎？還有三月兔，睡鼠也醒著吧？我聽到妳們的聲音了。」

「喔！是愛麗絲？我們正想找妳呢，這裡有上好的茶、和美味的點心，相信我，這場茶會妳會喜歡的！」三月兔稍嫌嘶啞的嗓音傳下。

「我該怎麼上去？」

話音才落，一條長繩由上頭拋下，垂在愛麗絲眼前。

「妳們真該好好學習待客之道！」愛麗絲拉了拉繩索，足夠結實，攀住它，一點一點地往上爬，配合著岩壁上的凸起撐起身體，總算搭上平台邊緣。

「抓住。」伴隨簡短、清冷的語音，一隻纖細的手出現在愛麗絲眼前。

「帽客，妳該不會以為在讓別人辛苦後，施點小惠就能令對方感激吧？」愛麗絲抓著那手登上石台，只見一位頭戴黑色高禮帽、身穿紳士服的女子出現在眼前。她向來面無表情，很少顯露情緒，包括被挖苦的時候。

「什麼？」

高帽女——瘋帽客撥了撥髮尾，即使長度還不到肩膀：「大吉嶺？」

「茶。」

「我知道那是茶，但我想我是來談話的，可沒心情一起喝茶。」

「……」帽客伸手拍去愛麗絲衣襬上的灰塵，拉出一張椅子，單手按著她的肩膀，半強迫性地讓她入座，同時另隻手已經在愛麗絲的茶杯裡酙了大半杯紅茶，糖與牛奶都加了好幾杓。

聞著香氣，愛麗絲忍不住抿了一小口，甜味、奶香、果香，在口中和順地融為一體：「這是？」

「哈！讓我猜猜，小姑娘現在在想什麼？我們的茶會上不該有那麼好的茶？」三月兔湊近道，身為野兔的她有勻稱的身姿與咖啡色毛髮。

「妳說對了，記得我第一次來的時候，妳們可是連茶都沒有。」

「一切都得感謝仁慈的公爵夫人！」三月兔又道：「多虧她的贊助，我們才有好茶來祭奠朋友。」

「朋友？」愛麗絲望向旁邊的巨大人頭：「他是誰？」

「『歎（Time）』，他是時間、是摯友、也是我們詛咒的泉源。」睡鼠從大茶壺裡爬了出來。

「詛咒？」

「時間被殺死了，所以我們永遠停留在下午六點。」

「這使得我們能開一輩子茶會，如果時間停在早上……噢！那真難想像我們現在會是什麼樣子。」三月兔高舉茶杯：「敬那該死的皇后！！」

「「敬那該死的皇后！」」

「敬……皇后。」無論話題是什麼，都得附和一下，這是茶會的禮節。

但比起禮節和茶，愛麗絲更偏愛茶點。從三層架上拿了個果醬撻，上面點綴著沒見過的漿果。好甜！砂糖很純，但不是死甜，果醬使嘴裡充滿柔和的芳香，再配口茶，愛麗絲感到身心平靜。

「知道了？」帽客遞過抹刀和一小盆鮮奶油。

「知道什麼？」

「茶會是談話的場合。」

「我知道，」愛麗絲把薄餅抹上奶油：「事情是這樣的……」愛麗絲把自己誤闖貧民窟、惹得父親發怒的事告訴她們，別指望三月兔和睡鼠能給出像樣的回應，她們可能連問題都沒在聽呢。所以愛麗絲把目光緊鎖在帽客身上。

「妳父親愛著妳。」

「他當然愛我，但我還是不明白他為什麼生氣。」

帽客沒回答，只見她站了起來，走到平台邊緣上——只要再半步就會摔落。愛麗絲正想出聲，又見帽客收起一隻腳，她的平衡感顯然不算太好，單腳站立讓整個人搖搖晃晃的。

她的一隻腳已經超出平台了。

帽客張開雙臂，跳起來轉了一圈，腳尖正好碰到石台最邊邊，她再把上半身往後仰，這舉動令她整個人都像懸空的。

「危險！！」

「妳也知道危險？」帽客躍到愛麗絲身前，兩張臉幾乎是貼著的：「過度的博愛比這更加危險。」

「過度？妳憑什麼說？」

「妳可以對一個人施以小惠，但妳無法恩及整個貧民窟。」

「所以呢？那小男孩可是向我求助了，待人和善是基本。」

「噗！」愛麗絲聞聲回頭，發現三月兔在噴笑：「妳說待人和善？妳和我們說話可不怎麼友善。」

「這裡是我的夢境，而且妳看起來也不像人。」

「助人是善行，差別待遇是虛偽，而吹毛求疵是無理取鬧！」三月兔說著，邊對帽客使了個眼色。

帽客道：「妳會擔心他人，他人也會擔心妳，當妳父親得知妳跑進貧民窟時，他只意識到他險些失去一個女兒。」

「那地方有那麼危險？」

就愛麗絲的記憶，她只看到死氣沉沉的工人、病懨懨的老人和一位可憐的小孩。危險性？沒有。

「長時間的富足易使人墮落，而長時間的貧困……」

「會讓人得痲瘋。」睡鼠接話，她在桌面上踱步：「富者能錦衣玉食、躺在大床上死去，貧者則夜夜不得安眠，可憐、可悲……」她鑽進另一個大茶壺，裏頭隨即發出呼嚕聲。

「妳認為小男孩可憐，但那些髒兮兮的大人曾經也是小孩！」

「妳認為沒有危險，但妳不知道其他人會不會一窩蜂地向妳索求。」

「當妳無法滿足他們的索求，只會加劇他們心中的不平！」

「而當他們感到憤恨，妳和男孩就——」

「完蛋啦！」

三月兔與帽客一搭一唱，愛麗絲無法反駁。

「好啦——」愛麗絲把茶喝乾：「我知道了，這次是我沒能體諒爸爸。」

帽客又為愛麗絲倒了滿滿一杯：「勇於認錯是成熟的行為。」

「妳說我成熟，只說明妳還把我當個孩子。」

「那不重要。」

「什麼？」

「妳的事情說完了，我們還有事。」

帽客遙對著以往摯友的頭顱，唱起了歌：

——朋友，你在流淚。

三月兔也唱了起來：

——你需要茶，和很多點心！

——淚乾了還有茶。

——我們摔碎茶盤！

——我們摔碎茶杯。

——我們摔碎三層塔！

——這是屬於你的茶會。

——朋友啊，你仍和我們一起品茶，大吉嶺、還有阿薩姆！

——讓我們把你的眼淚變成茶。

——每人一口，一口飲盡！

——敬我們永遠的茶友——歎。

——敬今日的主角——歎！

……

……

就這樣，她們唱著，愛麗絲聽著。帽客的歌聲清澈溫柔，像絲絹滑過琴鍵，三月兔的歌聲嘹亮、洋溢歡樂。聽交錯的音質，看她們發瘋似地把茶具連著茶點丟向巨人頭，破碎時潑灑出的茶液，與飛散的糖屑沾黏在歎的眼眶、嘴唇上，不斷地唱不斷地砸，瓷器碎裂聲與訃歌一同迴響，襯著黃昏的背景。

這是場祭奠。

更是場和朋友在一起的茶宴。

愛麗絲愣愣地，她不了解生死，但看著這場面，胸口就好像堵著些什麼。

帽客把最後一只茶壺交給她，愛麗絲會意，用力一拋，茶壺飛進歎的眼窩，從裏頭傳出的破裂聲，如鈴響迴盪。

「謝謝。」帽客握住愛麗絲的手：「另外，還有件事想告訴妳」

「我們找妳也是為了這事。」三月兔說。

「什麼？」

「……」

「……」

帽客與三月兔頓了頓，方異口同聲道——

「「仙境……在蠢蠢欲動，去找蝴蝶。」」

愛麗絲還不及發問，只見帽客雙手一推，她頓覺胸口一悶，往後退了幾步，緊接著足底傳來落空的觸感，視野便轉向黃橙的天空。

愛麗絲從平台上摔落。

參章　馬戲團

「爸爸，對不起！」大清早，愛麗絲推開父親的房門，上來就是一聲抱歉。

「勇於道歉是好事，」父親扣上襯衫扣子，又套了件風衣：「但我應該教過妳，進入房間前要先敲門。」

「喔，那真是抱歉……但這麼早的，要去哪裡？學校？」愛麗絲發現父親穿得是外出用服，一大早——還是休假日，身為副校長真有這麼忙？

「我們該先吃早餐。」

「好。」愛麗絲偕同父親落座用餐，期間說明了昨夜茶會組合告訴她的答案。

「身為父親，我必須佩服妳的成長，愛麗絲，妳懂得獨立思考。」

「我有成長了？」

愛麗絲兩眼放光，她不想再被當個小孩子，夢遊仙境一書幾乎把外人對她的印象綁定在七歲時，她已經受夠了！只要有了成長，很快就能擺脫仙境幼稚的影響。

「有，但還不夠，」父親拿紙巾抹掉愛麗絲嘴邊的奶油：「穩重的大人可不會把喜怒盡顯於色。」

「所以，爸爸要去哪？」

「算是為昨天打了妳一巴掌賠禮，」父親掏出兩張票券：「查爾斯——妳的道奇森叔叔，他給了我一張馬戲團首演的票，我昨晚又去弄了一張。」他蹲下來，輕輕擁抱愛麗絲，並把其中一張塞到她手裡。

愛麗絲掙脫，揮動手上的票券：「這張是你買的、還是道奇森叔叔送的？」

「是他送的。」

「我要另外一張。」

「不是一樣嗎？」

「……」愛麗絲噘嘴。

父親一愣，隨即無奈地笑笑，把自己買的交給愛麗絲。

比貧民窟更偏遠的郊外，愛麗絲與父親坐在馬車上，偏頭望向不遠處的巨大鐵牌子，上面沒有什麼花俏的名稱，她見過像是「閃電」、「野火」、「森林巨怪」之類的團名，也有乾脆冠以團長姓氏的。但唯獨這個——沒有任何前綴的「馬戲團」特別引人注目。

「足夠精彩的表演，就算開在海底也會有人去看；響亮的名字永遠比不上真材實料。」

父親攥著票走下馬車，眼神同樣充滿期待。

走進中央的大帳篷，華麗的燈光，絢爆般的人聲，馬戲團裡裡外外都擠滿了人。

小丑們時而逗弄客人帶來的孩子，時而跑上跑下，一排排座椅面對著半圓形舞台，囂張的聲光效果令整個場地顯得魔幻。

愛麗絲不喜歡「魔幻」，這會令她想起仙境，而仙境只要存在於夢裡就夠了——最好連夢裡也不要有。

「各位先生、女士，眾所期待的初表演就要開始了！我團秉持高質量、高技術的表演，絕對讓您值回票價！全國馬戲團千千百百，只有我們——『馬戲團』，才是最好的馬戲團！」

樂聲響奏，燈光把舞台染成繽紛的美麗空間。愛麗絲發覺所有工作人員都穿著同款服飾，展現高度的統一性。

舞者、小丑、馴獸師、特技演員一一出場，秀了一手拿手絕活後，致謝返回。

沒有設置任何保護措施，每個人都無比相信自身的能力，傾力展現最好的演出。

有條不紊。

精采絕倫。

這是在愛麗絲有限的字彙量裡，所能找出的最高讚美了。

與浮誇相配的技術含量，全無書中馬戲團亂七八糟的感覺。

父親也鬆了口氣，沒有怪胎秀、沒有殘忍的虐待，每場表演都是由高度鍛鍊與縝密計畫支撐起來。雖然是查爾斯推薦的，但實際上還是有些不放心，如今一見，並不會給孩子帶來壞影響。

與愛麗絲相視一笑，冰釋前嫌。

「接下來的表演是——小丑帶來的走鋼索！」

燈光照到上空，那裏有一座木架高台，一位小丑站在上面，他面前有一條不足麻繩粗的鋼索。

愛麗絲忽然感到頭隱隱作痛，眼前的事物開始扭曲。

小丑踏出第一步，體重使鋼索發出嘎嘎聲。

「唉！」隱隱作痛瞬間轉為劇痛，如針扎般，愛麗絲不禁痛叫。

愛麗絲，妳怎麼了？

聽得見嗎？

愛麗絲！

醒醒……

愛麗……

父親的聲音變得模糊，然後徹底消失。

整個大帳棚裡沒有任何聲響，愛麗絲四下張望，發現整個馬戲團只剩自己一人。喔，還有那個正在走鋼索的小丑。

不知為什麼，倆人離得很遠，但愛麗絲卻感覺他離得很近，近到隨時可以展開對話。

「你是誰？」愛麗絲問。

「我？我是誰？我當然是毛毛蟲。」演說者似的女聲自小丑口中傳出。

小丑的形體一陣變換，她身穿博士服、背後長出翅膀，帶著單片眼鏡，藍色的身體非常纖細。這是一隻蝴蝶，也是仙境裡最具智慧的存在、賢者中的賢者，任何人都該羨慕她的睿智。

「妳明明是蝴蝶，為什麼說自己是毛蟲？」

「這不重要。」

「『不重要』，你們每個人都這麼說，」愛麗絲跺腳：「那什麼才重要？」

「重要的是，帽客為什麼叫妳來找我，妳想問什麼。」

「我想問什麼？」

「妳連妳自己想問什麼都不知道？愛麗絲，好好思考，肯定有什麼不尋常的事情。」

「對了！為什麼？我沒有睡著、我還和爸爸一起看表演，妳怎麼會出現？這裡可不是仙境。」

「妳說對了，這裡毫無疑問，是現實。」

「那為什麼？」

「這裡是現實，不尋常的只有妳，」蝴蝶抽出一根香菸，點著，吸了一口：「還記得，帽客他們警告過什麼嗎？」

她不抽水煙筒，改抽香菸了？愛麗絲道：「仙境……在蠢蠢欲動……我不明白，仙境只是場夢，它怎麼會『蠢蠢欲動』？」

「大多事物都有靈魂，那也包括妳的夢，愛麗絲。」

「到底怎麼回事？」

「仙境在侵蝕妳的思考、妳的心靈，妳身在現實世界裡，但妳雙眼所見卻為夢境。」

「為什麼？」

「妳長大了，該離開了，但仙境不想要妳離開，它想牢牢抓住妳。」

「它想控制我？我、我該怎麼辦？」

「去找皇后，她已經大權在握，她擁有仙境的意志，問她她想要什麼，說服她、或打倒她。」

「皇后？對了，她為什麼要把仙境搞成那副德性？煤灰、鋼鐵、瀝青，這和現在的倫敦有什麼兩樣？」

「仙境的意志高深莫測——」蝴蝶吐出一口菸圈，冉冉上升：「我是智者，但不是先知，那是神靈的領域。」

「神靈？」

「就是妳呀，愛麗絲，妳創造了仙境——妳，是造物主——妳，就是神靈！」

「妳快把我繞暈了，蝴……」

蝴蝶瞪了愛麗絲一眼。

「我是說，毛毛蟲，既然我是造物主，那為什麼我不能彈個手指，讓仙境、讓皇后不再胡作非為？」

「妳不是掌權者，這是規矩，規矩不能打破，就算妳是神也一樣，除非……」

「除非？」

「像我，我不屬於任何勢力、也不參與任何事情，我只做我該做的，我是自由人，自由人可以不守規矩。」

「但我……」

「聰明的女孩，如果妳不想讓仙境佔據妳的全部，那一定得付諸行動，所以妳不可能是自由人。」

「聽起來自由人的限制也滿多的，妳除了說說話，不能參與任何事情。」

「這跟我的方針沒有矛盾。」

「好吧，我還需要知道些什麼？」

「噢，妳需要知道的事情可多著，」蝴蝶莞爾：「但我只能告訴妳這麼多。」

「妳要離開了？」

「不，我要繼續走我的鋼索。愛麗絲啊愛麗絲，妳問了這麼多問題，讓我在最後問一句吧，」她在鋼索上搖搖晃晃地前進：「為什麼我是一隻毛毛蟲，而不是蝴蝶？」

愛麗絲皺眉，她擺明就是一隻蝴蝶啊。

「那是因為——」蝴蝶用力抽了口菸，菸頭幾乎瞬間燃盡，吐出時，愛麗絲認為這是她見過最濃最嗆的煙霧。

蝴蝶腳一拐，摔了下去，頸部整個折斷。

她吐出的煙霧仍然存留，在空中變形聚散，組成一行字：

讓明知不會摔死的人走鋼索，毫無意義。

「嘿，」愛麗絲對蝴蝶的屍體說：「這又是什麼意思？提示？」

「不！我的頭又痛了……」

愛麗絲回過神來，呼吸變得急促。

「愛麗絲，妳剛剛怎麼了？沒事吧？」父親急切地握住她的手。

「我沒事……」

愛麗絲把目光轉向舞台，上面的景象令她倒抽一口氣。

正如夢境中的蝴蝶所示，小丑摔死了，離得甚遠都能聞到血腥味。

從三十呎的空中，頭朝地摔落，脖子與身體折成了直角，他的軀體還在抽搐。看上去，頭顱與頸根似乎只連著一層薄薄的皮膚，鐵定有某節頸椎徹底錯開，拉長折彎的脖子看起來像傘柄。

從口中灑出噴射狀的血液，夾雜血泡與內臟碎塊；小丑妝就像個面具，每個人都覺得他在笑。

小丑必須帶著笑容，這是定則，但也包括死後嗎？

這是愛麗絲第一次在現實裡看到死人。

「為什麼沒人報警？」她轉頭問父親。

「團方說這也是表演的一部分，」她肯定嚇壞了。父親道：「他不是真死，這只是場表演，我們都被騙了，所以別害怕。」

「……」愛麗絲沉默。

「接下來不用看了，覺得不舒服我們可以先走。」

「不，」愛麗絲說：「我要看完這個。」

那可是活生生的人，想用表演蒙混一條人命嗎？愛麗絲兩手交握不停顫抖。

此時一位戴著高禮帽、披披風的正裝男人走上舞台，他是魔術師。

女助手推著布簾，在魔術師的指示下把屍體圍起，魔術師舉起手杖，唸著沒人能聽懂的咒語，朝布簾支架上一敲。

女助手拉開布簾，小丑的屍體和血跡已經不見了，站在那裏的，是活生生的小丑。

「世──紀──大──復──活──秀──！！！」

團長走出來，隨音樂賣力宣傳，獨此一家的復活秀。

小丑配合著怪叫，掌聲如雷。

全體人員一齊上台致謝，首演以觀眾們看得心滿意足、馬戲團賺得盆滿砵滿為結局。

愛麗絲坐在馬車上，心情與倫敦的天穹同樣沉鬱。

耳邊隱隱傳來，蝴蝶的呢喃……

馬戲團有一百個小丑，死了一個，還有一個。

後來，父親大發雷霆，直接跑到道奇森家找查爾斯理論。

那復活秀，只是粗劣的騙術。

透過地道機關來達成的的雙人易位魔術，其中一人換成屍體。畢竟一旦畫上小丑妝，每個人看起來都差不多。

蝴蝶的低語正是此意，仙境的智者，開始介入愛麗絲的現實。

如果不是預先計畫好讓小丑去死的話，不可能有那樣的臨場反應。愛麗絲倔強的性格又發作起來，做手腳故意讓團員死亡，並以此圖利，這已經是謀殺了。

她追根究柢地詢問打聽，最終結論卻是——馬戲團沒有錯。

根據團長的話，是這樣的——

「表演本來就有風險，而當意外發生時，與其收屍了事，不如當作最後一場合作演出，這是告慰。送走了靈魂，剩下的就隨我們賺了。」

「他們啊，為了觀眾磨練一生，在死後也能給觀眾帶來驚奇。如此一來，死人高興，我們也得到足以支撐短期生活的金錢，何樂不為？」

每個團員都非常相信他們自身的技藝，舞台上不設置安全措施這方案，也是他們提出的，白紙黑字寫得清清楚楚。

而在這種情況下，即使機率微乎其微，也還是會有命案發生。而團方便將死去團員的軀體昇華為表演的一部分，他們在全力施展的同時，也隨時準備著迎接自己、或夥伴的逝去，那些機關在每一個地方、每一場表演張開大口，以意外為前提吞噬團員們的執念，吐出最後的、也最適合收尾的告別演出。

那個馬戲團裡沒有惡人，沒有人應該接受制裁。

每個環節都簽訂過契約，合乎法律地長眠，毫無惡意地利用死者。

愛麗絲想哭。

怎麼會有這種人？

怎麼會有這種地方？

這裡……到底是哪裡？

這裡有把自己的人生、包括後事都心甘情願賣出去的人；連意外的死亡都能化為利潤的人；還有看著這一切，被蒙在鼓裡、掏錢買娛樂的人。

這裡是倫敦。

肆章　仙境2

愛麗絲睜開眼，看見天空破了個洞，洞裡是靜止的黃昏與雲霞——她知道這個景象，灌木、藤蔓，各類植物長成一個巨蛋型建築，只有頂端開了口，而自己就躺在正下方。

光線穿透微塵，如光柱般直射在愛麗絲身上，感覺暖洋洋的。

這裡是茶會組合的下午茶聚點之一。

真怪，怎麼又是帽客的地方？她起身，迎面而來的是一只茶杯，愛麗絲連忙側頭，茶杯從耳稍掠過、卡進後方樹叢。

「喂！」愛麗絲嚇了一大跳：「妳們在做什麼？」

「愛麗絲，妳評評理，她們把我丟了出去，而且阿薩姆才是最棒的。」睡鼠說。

三月兔叫道：「別聽她亂蓋！誰叫她自己爬進茶壺裡睡覺？錫蘭才好！」

「等等，可不可以把事情分開來說？」

睡鼠抱怨：「在『歎』那裏，我只不過是想睡個覺，就被丟了出去。」

「那是因為妳跑到茶壺裡，我們丟茶壺，妳當然也被丟出去了，是妳的錯！」

「妳們應該要注意到。」

「注意？在仙境裡要注意什麼？被丟出去是妳命中註定，逃不過的！」

「妳強詞奪理。」

「我理直氣壯！」

「……」

「……」

愛麗絲看著吵得不可開交的三月兔和睡鼠、還有一地瓷器碎片，轉頭問帽客：「妳是不是該做些什麼？」

帽客聳肩，表示這很正常。

視線一轉，她發現三月兔又抄起一個茶壺，睡鼠則拿點心叉當武器，馬上要打起來。

愛麗絲急喊：「大家都沒有錯……我是說，每個人都有喜歡的東西，錫蘭、阿薩姆，都一樣好喝，只是偏好不同而已，不要再吵了！」

兩人動作一頓。

「她說得對。」三月兔點頭。

睡鼠立刻氣消，又恢復到平時狀態，當場睡去。

「所以……為什麼我會在這？」

「為什麼妳不能在這？」三月兔道。

「我是在夢裡，夢境是會延續的嗎？」

「夢的世界也是世界，世界是會不斷運轉的。」帽客說著，邊遞了杯茶。

愛麗絲推辭，她不想再開一場茶會：「我得找到紅心皇后，該怎麼去？」

三月兔把茶噴了出來。

「妳瘋了！去找皇后？空洞巨龍的嘴擺在妳眼前，卻要走進去？」

「不會比妳們更瘋——」

「她的士兵無窮無盡、她的憤怒如同颶風、她的權能會把任何人像螞蟻一樣捏死！！」

「妳們得幫我！」

「即使妳知道那很危險？」帽客插話。

「我知道。」

「即使妳知道那可能會害我們掉腦袋？」

「我也知道。」

「那我們幫妳。」

「妳得答應……嘿！」愛麗絲一時反應不過來：「妳們就不反對一下？」

「我們沒理由反對。」

「為什麼？」

「因為，」帽客把帽簷壓低，拿出樹叢裡的手杖：「他們已經來了。」

「他們!?誰？」

帽客比了個噤聲的手勢，俯身蹲走到門邊。

門外傳來輕微的腳步聲，停頓一下，「噗」地一聲，門板被捅破了。

穿過門的是一段銀白色刀刃，愛麗絲見過這種刀弧，是軍刀。

刀刃的主人直接把刃口下壓，木製門板一分為二，由那走入的身影——兩米高，只有頭與四肢存在厚度的撲克牌人，他是紙牌隊長，與士兵的差別只在於頭戴指揮帽。

紙牌隊長的目光充滿侵略性，一來就用像刮花唱片般的嘶啞嗓音，宣道：「茶會組合因不配合改革、多次抗命，兼窩藏謀反嫌疑人之罪，我等奉至高無上紅心皇后之命，前來擒拿叛黨！視情形將就地格殺，請務必審慎時……」

他還未說完，位於視野死角的帽客猛地竄起，右手一甩，手杖底尖直沒入紙牌隊長的眼眶、自另一邊太陽穴穿出。

她的動作快速而流暢，眼神毫無猶豫。帽客拔起手杖，擊倒一名正處於混亂的紙牌士兵，便拉著愛麗絲狂奔。

三月兔也一把撈起睡鼠，以無愧於兔子的腳力奔出。

紙牌士兵們很快反應過來，愛麗絲只聽見背後草叢被踩踏、與刀尖破空聲，他們刺耳的喊叫像刮著幾百片玻璃，緊緊跟隨她的鼓膜。

快瘋了！愛麗絲見四周都是樹林，靈光一閃，對前面的三月兔道：「叫醒睡鼠，她可以讓樹倒下。」

三月兔會意，把手中的睡鼠甩了又甩，拍拍她的頭，卻是不醒：「我需要『咒語』！神靈的話語最有力量。」

神靈？愛麗絲瞪眼，疾跑中喊道：「有——貓——」

她的聲音響徹，這是神靈的語言。

「貓⁉」睡鼠嚇得跳起，她脫離三月兔的掌握，一眼看見後方追逐的紙牌們，慌亂的身形劃出一道道殘影：「怎麼辦……這裡有貓、好多好多貓！在追著我！牠會殺！我們都——會死！！」

「弄斷樹，可以擋住貓的腳步。」帽客說。

睡鼠聞言，立刻衝到一旁的樹墩邊，她的利齒把樹皮咬了個環形。

那樹木立刻開始枯黃，黃葉落盡，整個形狀乾癟了一圈，樹間發出嘎啦嘎拉的脆響，然後折斷。

「碰」地！煙塵四起、落葉飛舞，它正好躺倒在紙牌們的去路上，還壓折了幾位倒楣的士兵。這只能拖慢他們幾秒，但也足夠了，愛麗絲邊跑邊讓睡鼠弄斷更多的樹，使林子裡「碰碰碰碰」巨響不斷。

與後方的距離愈拉愈大，就這樣逃竄了許久才甩掉他們。

肺快爆炸了！愛麗絲大口喘氣：「妳猜怎樣？我的胸口像壓著汽錘！」

「愛麗絲，」帽客環顧四週，她們已經跑出森林了：「我們得去另一個茶聚點。」

三月兔一蹦一跳：「太好了！我們需要茶！」

「……」

與帽客她們在一起，永遠見不到藍天，永遠都是血紅的夕陽。愛麗絲看著遍地的鋼鐵支架與碎鐵皮、佇立的高煙囪，到處都是油汙，這裡的污染又更嚴重了。

「我們需要休息，整理一下計畫。」愛麗絲同意：「下個茶聚點在哪？」

帽客伸出食指，看來只是隨便指了個方向，或許仙境裡到處都是她的茶聚點吧。

愛麗絲一行站在茶聚點門前，卻沒有誰打算進去。

——因為那裡只剩一扇門了。

焦黑的門扉兀自佇立，火燄蠶食著茶會組曾經的據點。原本的木製小屋已看不出原型，支撐它的金屬構件散落一地、徒留空蕩蕩的支架與地基。

「該死的皇后！！」三月兔的雙眼似要冒出火來，她冒著熱度，氣勢洶洶地翻找幾乎全毀的家具，終於找到一小撮茶葉，然而它卻因不耐高溫，碰一下便化為灰燼。

「不——」她的臉色瞬間垮下，聲音聽起來快哭了：「嗚嗚……為什麼要這樣對我？我只是想喝茶……不用錫蘭，只要是茶都好！」

三月兔的眼淚真掉了下來，她失魂落魄地往更深處走，想找找其他櫃子。

帽客上前，一把將三月兔拉回，接著往外跑。

「匡」地，幾段燒紅的鐵架掉落在剛才的地方。

然後剩餘的支架也全塌了，這下整個據點連廢墟都稱不上，只是一團著火的垃圾。

三月兔挖了個洞，並把她自己埋起來。

「天啊……」愛麗絲臉色蒼白，皇后的「改革」已蔓延全仙境，該如何逃過來自紅心堡的追殺？轉頭望望帽客，根據過往的經驗，這瘋狂的女性反而是在場最可靠的。

看她站在那，沒有表情，多麼處變不驚？

走近一看，愛麗絲又感到不對勁。

無論如何揮手、呼喊，她都定在那兒，像石雕、又像失去動力的器械，她可能把僅存的力量都拿來救三月兔了。

睡鼠也一動不動，徹底昏睡。

睡鼠睡死？這一點也不好笑。好吧，又剩自己一個。愛麗絲搖搖頭，必須想辦法讓她們復原、她們需要茶。

愛麗絲沉思，她不知道哪裡能弄到茶葉，其他聚點也該被毀光了。

殊不知，一個紫色的身影緩緩顯現，她搖擺著尾巴，大眼珠離愛麗絲的臉只有一英呎：

「喵——」

「柴郡貓⁉妳什麼時候在這的？」

「思考能讓大腦保持靈敏，但也可能讓妳變得遲鈍。」

「我到底該不該找妳算帳？上次妳只說了閒話、什麼也不做就走了。但我現在需要妳的幫助。」

「我是引路者，不是慈善家；我能指引妳，而妳也不該算我的帳。」
「又是自由人理論？」
「無限制的自由只是放縱。」
「嗯哼，那我該往哪去？」
「妳該思索其源頭。」
「源頭？」
「妳不知道哪裡有茶，但妳該知道茶會組的贊助者是誰。」
「誰？上次好像聽三月兔說過，」愛麗絲坐在一旁的石頭上，低頭回想，又抬頭看了眼柴郡貓，這大貓的語意永遠那麼難猜：「我想想……妳一定知道那人是誰，卻不告訴我？」
「我當然知道，」柴郡貓露出標誌性的笑容，揮揮前爪：「那是我最熟悉的——」
「公爵夫人？」
「完全正確——妳知道的，她是我的主人，還是仙境裡少數敢於違抗皇后的存在。」
早該想到了！上次的茶話有提起，原以為不重要的信息，竟能在這派上用場。愛麗絲說：
「但她會幫我嗎？」
「為何不幫？」
「我和她有過節。」
「噢，我仁慈的主人從不在意小事。」

「那可不是小事。」
「和現況比起來就是小事，我相信我的主人，她分得清輕重緩急。」
「妳能帶我去嗎？」
「當然，跟我走。」柴郡貓上前，一把抱住愛麗絲，兩隻貓爪緊緊環扣她的腰。
「妳要做什麼⁉」愛麗絲試著想掙脫，但沒辦法：「妳不是自由人嗎？妳可不能傷害我。」
「在身為自由人之前，我是主人的愛寵；我不能參與每件事情，但能幫妳縮短行程。」
「縮短？咦！」愛麗絲驚呼，她發現自己的身體和柴郡貓同步，從腳尖開始變得透明：「我要消失了。」
「真巧，」愛麗絲在意識中斷之前，所見最後的畫面——是貓露齒的微笑：「我也是。」
白茫茫的空間裡浮現一個人影，愛麗絲晃晃腦袋，還暈著呢。她四面觀望，發現柴郡貓已不知所蹤，眼前除了一棟洋房外再無他物。
愛麗絲鼓起勇氣，伸手扣動門環，大門咿呀而開，走進去，卻感到些許違和。
「好安靜？」
記得以前這裡都吵得像市集，有狂撒胡椒的廚娘、亂丟盤子的僕人，可現在都不見了。
「有人嗎？」
愛麗絲輕喊，只能聽見回聲和自己的腳步聲。

走到廚房，見盤子堆疊得整整齊齊，流理臺也被擦拭得一塵不染。

空氣中飄著清新的氣味，像薄荷。一切都被打理得光亮如新，說實話，連愛麗絲自己的房間都沒這麼乾淨。

瘋了、都瘋了。

這裡還是仙境嗎？

看來公爵夫人新雇了稱職的僕人，可是人呢？都到哪去了？

「嘿。」她又叫了一聲，決定直接到內廳探個究竟，如果那裡沒人，那整棟屋子裡大概就真的沒人了。

敲門進門，裡頭擺放著一張法式矮桌，還有配套的座椅，最重要的是總算看到人了。

那是一位身穿草綠色禮服的銀髮女士，戴著貴族帽子卻手持掃帚，這有點奇怪，但愛麗絲還是馬上認出她的身份。

愛麗絲拉裙行禮：「您好，公爵夫人。」

「愛麗絲……」她放下掃帚，不冷不熱地回道：「是柴郡貓帶妳來的？所為何事？」

「在說明來意之前，我想知道這兒的僕人都去哪了？而且打掃也不是您該做的事。」

「我把他們都遣走了，皇后正積極打壓反動勢力、她連中立派也看不順眼，我可不能讓手下的人也承擔風險。」

從客觀角度來看，公爵夫人雖與自己不太對盤，但還算有良心。愛麗絲想，搬出帽客該是正確的選擇。

公爵夫人催促：「有話快說，我沒心思跟妳耗。」

「帽客她們正處於危難，我聽說您是她們的贊助人，能不能幫點忙？」

「唔……」對方沉吟，聲音裏頭蘊含怒氣：「如果是以前，我會樂意幫助她們，但茶會組現在和妳在一起，我沒有理由要幫助妳。」

「『那件事』真不是我的錯。」

「無論如何，我的兒子都是在妳懷裡變成豬的。」

「關於那事，柴郡貓應該更清楚原委。」

「妳不該把罪過推給一隻寵物！妳創造了仙境，而我兒子在仙境裡成了一頭豬，我連他是否生存都不知道。」

「這件事我很遺憾，但現在，我真的需要一點茶葉。」

「孩子，妳還是不懂。」

愛麗絲也覺惱怒：「別叫我孩子！我已經十六歲了。」

「妳不該頂撞大人，因為妳不懂什麼是成熟。」

「那妳說啊！成熟是什麼？」

「成熟就是忍讓，妳必須忍讓我的言語和行為，然後滾出這房子！」

「妳……」

「我的耐心有限，相信妳也不希望增加一個敵人。」

愛麗絲咬牙，光是皇后就夠麻煩了，要是再加上一個公爵夫人……而且到時連柴郡貓都不會再為自己引路。

「後門在那，左轉。」公爵夫人往旁邊一指。

愛麗絲姍然而去，這下該怎麼跟帽客交代？沒有她們，在如今的仙境根本寸步難行。再說柴郡貓，她說什麼「主人分得清輕重緩急」，事實是公爵夫人根本就是被憤怒沖昏了頭！連狀況都搞不清了。愛麗絲走著走著，愈想愈氣，沒能幫到茶會組的事實更令她沮喪，腳步也變得沉重。

真討厭，怎麼會這樣？還平白捱了一頓罵！

「真該……」一個「死」字還未說出口，打開後門，眼前的景象馬上讓她把咒罵吞回肚裡。

走出後門，愛麗絲發現在外門的門檻上放著一大包東西，打開一看，有整套的茶具和滿滿的茶葉罐，幾乎所有茶種都有，足夠支撐頗長時間。

愛麗絲皺眉，心頭怒火卻瞬間消退。

「這……她為什麼要這樣？」

柴郡貓的聲音自身後傳來：「我主人是仁慈的，同時也富有尊嚴。」

「她的尊嚴就是讓人失望，再給人驚喜？」愛麗絲不理解這種彆扭的作法。

「她對妳懷抱怨恨，但別忘了，仙境裡的大家都是愛妳的，這就我主的表達方式。」

「愛我？包括紅心皇后？」

「那是例外，當然也可能是扭曲的愛。」

「柴郡貓，收起妳的無稽之談，」愛麗絲的心情好了許多：「皇后想侵略我的生活，我不能讓她如願以償，即使那是仙境的意志。」

「這是好的志向，但還是需要實現的手段。」

「我有帽客她們。」

「紅心堡有大半個世界的軍隊。」

「那……或許我能偷溜進去。」

「妳想瞞著大軍偷溜進去？真聰明，」柴郡貓露出嘲笑的眼神，說道：「主人託我傳話，妳有更好的辦法可以選擇。」

「什麼辦法？」

「妳可以拉攏白女王，她自從上次爭權失敗後就對紅心皇后非常不滿，現在紅心堡的大動作更使她忍無可忍。妳是一個引子，重燃紅白戰事是妳的使命、也是機會。」

「我不認為白女王拚得過皇后。」

「但可以削弱她。要知道，紅心皇后並非所向披靡，妳同樣擁有與她匹敵的力量，如今的問題是她握有權柄，這造成妳必須在她制定的規則下戰勝她。」

「聽起來不太樂觀，所以我得找個外援——那就是白王國，對吧？」

「完美……妳的理解力總讓人驚訝。」

「別挖苦我了，貓，現在妳能帶我回去嗎？就像來時那樣。」

「妳只要跨出外門。」柴郡貓伸爪虛引，隨後消失。

「別忘了幫我和妳主人道謝！」

愛麗絲對著柴郡貓消失的地方喊道，她揹起大包，在雙腳踏出門檻的剎那，一陣濃霧將她團團包裹，在裡面什麼也看不見，每次轉移地點都讓她一陣心慌。

蔽目濃霧散去，愛麗絲站在被摧毀的茶聚點處，帽客還僵直在那。

她走近，卻腦袋一暈，整個人跌在地上，眼前又是大片黑暗。

愛麗絲累昏過去。

伍章　路易斯・卡羅

路易斯・卡羅，或者說查爾斯・道奇森，他可說是愛麗絲除家人外最熟悉的人。

他很高，肯定超過六呎，比父親還削瘦的身材使他看起來有些虛弱，眼神憂鬱，卻富有幽默感。他擁有非凡的才華，無論做什麼都能輕易成功，因此愛麗絲的父親曾打趣道：「他一定和惡魔借了才能。」

他是愛麗絲的朋友、親近的長輩。

同時，他也是讓仙境進入現實的罪魁禍首。

——他扭曲了愛麗絲的人生。

愛麗絲由床上坐起，她在夢裡累昏過去，醒來時卻仍清神飽滿。

黛娜喵了一聲，爬上愛麗絲的大腿，並用鼻子蹭了蹭她的手指。

牠算是一隻老貓了，毛色依然光潤，溫馴的牠不怕人、更不會露出令人不安的笑容。多可愛呀，要是所有貓都像黛娜一樣就好了……愛麗絲不禁想。

梳洗過後，搖搖晃晃地走到客廳，她發現除了父親和勞琳娜、二姊伊迪絲外，又多了一位持手杖的中年男性，他身著正裝，長相斯文。

愛麗絲見到他，數種情緒在內心衝撞，還是決定平常對待。

「愛麗絲，妳醒啦，快來跟道奇森叔叔打聲招呼，」勞琳娜笑說：「睡迷糊了嗎？」

「才沒有。」愛麗絲揉眼，眼前男人的身影好似帶有刺激性，視野愈見模糊。

自己真的還沒睡醒？愛麗絲道：「叔叔好。」

「愛麗絲，好、好久不見，我來是想道個歉，順便和亨利談點事，那馬戲團……我真不知道那些事情，妳肯定嚇壞了，要不是亨利……妳父親告訴我，我真的什麼都不知道。」他患有輕微口吃，但不容易聽出來。

父親一甩手杖：「查爾斯，『不知道』可不能當藉口，你就不能好好道歉？」

「對不起。」

愛麗絲並不詫異，這位大作家對外是一回事，但在父親面前，他可沒那作態。

「我已經平復了，沒關係的。」

「那就好。」對方鬆了口氣，掏出一支包裝好的鋼筆：「這是賠禮。」

「我正需要一支筆呢，謝謝叔叔。」愛麗絲擺出歡喜的表情，一邊收下鋼筆。

「那各位最近過得怎麼樣？勞琳娜，妳還是老樣子嗎？亨利，不、不是我要說，像她這樣優秀的女孩，該多出去見識。」

勞琳娜搖頭淡笑：「不了，我可放不下愛麗絲。」

「那真是……噢，妳一年前就取得了學位，亨利有沒有打算讓妳任教？相信我，妳年輕、而有才華，定會是個好老師。」

父親插口道：「我尊重她的自由意願。」

「是、是我唐突了，那伊迪絲，妳呢？」他轉向伊迪絲，這個二姊有著稍短的頭髮，雖比愛麗絲大一歲，個頭卻更為嬌小。她愛書、她的房間堪比一座小型圖書館，大量閱讀使她的視力下降，因此總戴著單片眼鏡。

愛麗絲對她沒什麼印象，十六年了，除了用餐與某些特殊場合，她幾乎不會踏出房門。

「我只想知道，您什麼時候會出新書？」

「初稿快要完成了，幾個月後應該可以出版。」

「太好了，我想拿到第一版！我想想……能幫我弄到兩份嗎？」伊迪絲滿臉興奮。

「當、當然可以。」

愛麗絲有不祥的預感：「請問，新書名叫做什麼？」

「喔，妳問書名？也對，書名可重要了，」道奇森叔叔聞言一愣，即便露出得意的笑容：「暫定是《愛麗絲鏡中奇遇》，愛麗絲，還記得妳以前和我講過的故事嗎？那那、那太繽紛了，我得再寫一本才能囊括所有人物。」

這話令愛麗絲感到窒息。

「我先回房間！」

「等等，」道奇森叔叔叫道：「怎麼了？」

愛麗絲回頭，卻發現站在那的道奇森，他已經變成一隻長有人手的大鳥——是渡渡！

突然的變化使她的心臟幾乎停跳，恐慌感竄遍全身。她趕緊扭頭衝進房門。然後抱著黛娜哭了起來。

天啊……一本就夠受了，又出第二本？她顫抖著身體，跪在地上抽泣，新書會讓一切變得更糟、加上仙境的影響。愛麗絲不敢想像今後的事情。

為什麼自己不能是個普通女孩？**為什麼？**

「愛麗絲，沒事吧？我能進去嗎？」門外傳來勞琳娜輕柔的叫喚。

「我沒事……」

「但妳聽起來像在哭。」

「我說我．沒．事！！」愛麗絲大吼。

勞琳娜被嚇了一跳，她知道，有「什麼」正折磨著小妹、使之痛苦：「好吧，看來妳需要時間冷靜。」

聽腳步聲漸行漸遠，愛麗絲的心情愈發低落。

她很少這麼吼過勞琳娜。對方一定受傷了，她不該這麼吼的。

恐懼、後悔，它們佔領了愛麗絲的心靈，紅心皇后的虛影、空洞巨龍的利爪，所有使她痛苦的事物紛紛浮現，即使閉上眼睛也甩不掉這些影像。她只能不斷哭泣。

真討厭，這不就跟書裡一樣了嗎？

她想道，哭累了便擦乾眼淚。一瞬間，她把懷裡的黛娜看成了柴郡貓。

愛麗絲連忙放手，黛娜落地，發出不滿的叫聲，卻已變回原樣。

這種現象愈來愈頻繁了。

「好疼！」愛麗絲疑惑地查看傷處——右大腿上有個小洞，暗紅的血液裡混雜了點墨色，從針尖大小的傷口流出。

止血後檢查口袋，發現那支鋼筆筆蓋鬆脫，筆尖穿過裙子內側。

「真是的。」愛麗絲走出房門，她想對勞琳娜道歉，順便拿點藥膏。

走進勞琳娜的房門，裡面整潔而明亮，空氣中飄著淡淡的薰香味，混和擺件、寢具木香，所有事物都使人放鬆。

「愛麗絲，真高興妳沒事了。」

對方立刻迎上來，握住愛麗絲的手。

「其實也不算真的沒事……我想說對不起，我不該那麼吼，剛剛我實在太衝動了。」

「沒關係，誰都會有煩惱，妳大可以說出來。」

「但……」

「當然，妳還是有選擇權，如果說了會為難妳，那不說也行。」

「愛麗絲，妳從小就很倔強，但是倔強不全等於堅強；別忘了妳還有我們，不要忘記脆弱、不要忘記還有人支持妳。」她的笑臉永遠那麼溫暖：「總之我會在妳身邊，那……還有什麼事嗎？」

「我想知道藥箱放在哪裡。」愛麗絲說。

「妳受傷了⁉」勞琳娜忙道：「怎麼不早說？伊迪絲上次被紙割到手，藥箱應該在她那，需要我幫忙嗎？」

「不用，我自己能處理。」愛麗絲道完謝，便往二姊的房間走去。

伊迪絲向來不鎖門的，她說「知識應該被共享」，因此家裡人隨時都可以進出，但愛麗絲很懷疑到底有誰會造訪那書堆。

推開門，書架、地板、桌上甚至床上，視野裡除了書還是書，都堆到了天花板。

「稀客啊，愛麗絲，妳終於明白學識的用途了嗎？」

伊迪絲自書堆中走出，巨量藏書使這房間變成曲折的迷宮。

愛麗絲可不想和這奇怪的姊姊打交道：「我只是想拿藥箱。」

「嗯？我想想，是放在這了，」伊迪絲往身旁書堆裡一抽，整疊書開始搖晃，但她毫不在乎：「喏，給妳。」

「謝謝。」愛麗絲接過藥箱，轉身欲走。

「等等，妳看起來有煩惱。」

「才沒有。」

「讓我猜猜……是關於夢的？」

「誒？」

「不用驚訝，我是妳姊姊，妳的事情我再清楚不過。想變得成熟，只有一個方法——讀書。」

「等等，妳剛說『夢』⁉」愛麗絲驚道：「妳知道些什麼？」

「我知道書的事情，」伊迪絲從書架上拿起一本《愛麗絲夢遊仙境》：「道奇森叔叔是個偉大的作家，但他不會預言，他沒料到這作品會變為妳成長的絆腳石。」

「我是說『夢』！」

「夢，那只是一個比喻。」

「愛麗絲，妳想想，所謂的書是什麼——那是一位位創作者，將現實精粹、變形，再以幻想裝飾後的產物，妳可以從字裡行間窺探到他們的意圖，足夠純粹的作家，他的人格會直接反映到文字裡。」

「至於夢，那是潛意識的投影，當一個人遭遇了什麼，那份印象會化為夢中的事物；妳有聽說過『走馬燈』嗎？瀕死者做的夢，會在極短時間內讓人重度一生。」

「讀著一本書，是在做著一個人的夢啊——愛麗絲，這難道不是件美妙的事嗎？擁有多少知識，那意味著妳能解決多少問題；擁有多少夢境，那牽繫著妳能將思維開拓到何種程度——真正的成熟者往往富有學識。」

愛麗絲受不了她的長篇大論，道：「但現在困擾我的也是書啊。」

「書不會困擾任何人！擾人的只有人而已。」

「伊迪絲，妳說的或許很有道理，但我該怎麼辦？」

「妳該怎麼辦？妳連妳的問題都不清楚，就來問怎麼辦了？妳知道成熟是什麼嗎？妳知道夢與現實的分別嗎？不！妳什麼都不知道。」

對方的語言總帶有不可抗逆的魄力，愛麗絲覺得在她面前，什麼秘密都藏不住，知者的目光洞悉一切，使人不快。

伊迪絲的語氣和緩下來：「愛麗絲，我問妳，夢境與現實的差距真的那麼大嗎？為何夢不能是另一個現實？若夢是現實的反面，那現實就是正面嗎？」

「……」

「答不出來？無妨，妳遲早會懂的，出去吧。」

「妳不懂我的感受，只會東拉西扯。」

愛麗絲走出門。

「愛麗絲，我親愛的妹妹，」伊迪絲倚著書櫃，一臉愜意地翻看起《愛麗絲夢遊仙境》：「我正做著妳的夢啊。」

愛麗絲途經玄關，又看見道奇森叔叔從裡頭快步走出，一眼也不看她，板著臉邁出門外。

「愚蠢的亨利！別怪我沒警告你！」他回身大吼，愛麗絲很好奇，究竟是什麼能讓一位紳士暴怒成這樣？連口吃都不見了。追出去，他卻已消失在街道彼端。

同時父親也走了出來，站在門口沉默不語，眼神直盯道奇森叔叔消失的方向，面色一樣凝重。

父親與他是多年摯交，如果有什麼事能讓他們鬧僵，那絕對是愛麗絲難以解決的。

他們剛才，到底談了些什麼呢？

愛麗絲無從想像。

陸章　仙境3

黑色與白色的世界。

入目之處全是漆黑，除了人影與些許景物——他們是純白的，這方天地就像反色的剪影畫。黑的，猶如深夜；白的，就是純白、不含一絲雜質，除了從與黑色接壤的外圍輪廓，能勉強看出物體形狀外，其他細節根本無法辨識。

要是叮噹姊妹到了這來，那連她們自己也會認錯彼此。

「愛麗絲，這裡就是城市國家——白王國了，」帽客道：「我們的詛咒無法顯現，此地的法律不容許除黑白外的其他顏色。」

「黑色掩蓋了我們的黃昏！」三月兔說。

「那真好，我已經看膩夕陽了，」愛麗絲嗤笑：「三月兔，你看起來就像白兔。」

「別把我和那蠢貨混為一談！她是被飼養的，看看她平時提心吊膽的樣子就知道……我是野兔、保有野生精神的野兔！我還有更勻稱的身姿。」

「隨妳愛怎麼說。」

愛麗絲往帽客那靠，因為她標誌性的大高帽實在不易搞混：「我們該怎麼進去？」

只見帽客緩緩走向守門的兩位警衛，他們看起來像棋子，可能是劍兵……她站在他們面前，用右手摘下帽子，左手拿出另一頂帽子。警衛正想問話，她兩手猛力一扣，帽子完全罩住他們的頭，使其昏厥。

帽客把他們拖到一邊藏好，然後直接走進警衛室開啟大門。

愛麗絲追上去說：「妳這樣做，會害我們被追殺的。」

帽客拿出一頂比原本更高——足有半人高的禮帽戴上：「他們認不出我。」

睡鼠補充：「如果被抓到，她可以說：『我的帽子沒那麼矮。』」

進入白城堡，這裡的街道讓愛麗絲聯想到棋盤，整齊得惹人反感。每個人的步伐均為一致，一舉一動都帶著相同的節拍。

就像軍隊。愛麗絲看著白影們，秩序、簡潔，和紅心皇后的改革內容如出一轍。但白王國沒有大興工業，只有黑與白。行經廣場，功臣的塑像與吊死者的屍體並列——看來這裡連賞罰也沒有灰色地帶。

說真的，就是單調。

入境沒多久，愛麗絲就開始想念起帽客她們的黃昏。

一路走到大殿，無人阻攔，站崗的士兵們只是重複同樣的動作——朝空氣砍擊，吶喊著「紅心心心碎」。

地面非常堅硬，踩上去會發出清脆的聲響。就這麼走到大殿中央，傳來魅惑的女音。

「紅心堡，是我們永恆的敵人，第二次大戰將會改寫仙境的歷史，潔白只有在純黑中才會綻放光芒，正義需要邪惡來相得益彰，」上座的白女王吟詠著國訓之類的話句：「今日我們迎接愛麗絲的到來，不必舉國歡騰，這是命運！黎明將會擊垮皇后！黑夜會同化她的國！她的改革毫無意義，創世者、戴帽者、真率者、沉眠者將是勝利的關鍵……」

「榮耀屬於白王國！！」

「很抱歉打斷這激昂的……詩句？」愛麗絲道：「我現在很困惑，如果妳們取得了勝利……」

「仙境會變得更美好，相信我，黑白是世上最美的對比，白王國因此而強盛。」

「那聽起來比皇后掌權還糟。」

「怎麼會呢？」白女王起身，走到愛麗絲身前，她比愛麗絲高上一個頭：「我們有相同的目標，但在這之前，我必須問妳幾句，此乃統治者的義務。」

「愛麗絲，妳想做什麼？」

「我想反抗，幼稚的仙境再也不適合我了，我必須回歸現實、變得成熟。」

「反抗？妳說反抗？」白女王若有所思：「根據我知道的，妳從沒違抗過誰，妳仍任仙境住民擺布，他們叫妳去哪，妳就去哪。讓我猜猜，妳會來我國也是因為有人慫恿妳來的。」她使了個眼色，周圍的臣子們紛紛退下，帽客她們也離開大殿。

「我們需要單獨談話，身為高位者，我和孤獨是熟人，妳呢？」

「如果妳指的不是某個叫『孤獨』的人……隨便啦，獨處有時讓人寂寞，有時使人安心。」

「真是好觀點，妳可以寫成論文。」
「標題就叫『鰥夫寡婦』？別開玩笑了，女王。」
「幽默感是成熟的指標之一，不說這些了，愛麗絲，我的國家正處於危難，皇后的爪牙正接近著，但我們會反攻，而妳是有用的助力。」
「妳剛剛不是唆使我反抗嗎？我沒必要答應妳。」
「我只是想知道原因，這國家可容不下矛盾和模稜兩可。」
「我要反抗的是仙境意志、是紅心皇后，如果順從妳們可以達成目的，那就沒問題。」
「『順從是為了反抗』？愛麗絲，很高興妳懂得識時務！」
白女王揮動權杖：「從今以後，將是白王國的天下。」
這時一位士兵跑了進來，他跪道：「啟稟陛下，我們剛在城周抓到了一個紙牌士兵，鬼鬼祟祟的，我們相信他是斥侯。」
「那太好了，處死他！要公開！且盛大！！」
白女王露出猙獰的笑容，拉著愛麗絲走向廣場。
那裡多了一座斷頭台和一位被押在地上的紙牌士兵。
「斬首？誰的主意？」白女王命令：「用火刑！那會讓場面變得熱絡。」
撤下斷頭台花了點時間，又見紙牌士兵被綁在火刑架上，四肢全被撕裂，僅剩一層薄薄的皮肉相連，他不斷扭動軀體。

緊接著，零星的聲音從圍觀群眾裡傳出。

「殺了他！」

「殺了他！」

「殺了他！」

民眾興奮地嚎叫，隨即化為巨大的聲音洪流。

環繞著城牆迴響，諸如此類的話語——

——殺死他。

——燒爛他。

——使他痛苦。

——予我們愉悅。

愛麗絲覺得頭暈，像要被淹沒。

火點起來了。

劈啪地，熾焰在士兵身上蔓延焚燒，他的慘叫被愈顯狂熱的喊聲掩蓋，逐漸變成蠕動的火球。

當他的手腳被燒得掉下來，氣氛迎來第二次高潮，。

殺死他！殺死他！殺死他！殺死他！殺死他！殺死他！殺死他！殺死他！殺死他！

殺死他！殺死他！殺死他殺死他！！殺死他殺死他！！殺死他殺死他殺死他殺死他！！！

白皇后也揮起權杖，像個指揮家。

愛麗絲蹙眉，她雖覺得不舒服，但可沒被嚇傻，她連現實裡的屍體都看過了。
當紙牌士兵燃成灰燼，氣溫漸降，每個人都在享受餘韻。
吊死者的屍體仍在搖曳，屍灰飄揚，黏著於功臣的塑像上頭。
「如果妳只是想彰顯國家扭曲的一面，那還是免了吧。」
「不，妳沒看到嗎？」白女王張開雙臂，語氣雀躍：「他們士氣高昂！」
「妳是瘋子。」
「噢，大家都是啊！妳也知道，別想在仙境裡找到冷靜的傢伙。」
這時帽客揹著睡鼠從人群中走出，她對女王道：「如果妳想出兵就趁現在。」
「當然，」女王重重地掂了下權杖：「我的國民全是士兵，他們期待已久——基於民主精神，我得出兵討伐皇后。他們之中有一部分人會死去，剩下的勇士將會取得莫大的榮耀……我是說，他們是自願的！」
「他們是自願的！」她再度強調。
「愛麗絲，我這有個小禮物，」白女王微微蹲下，她遞出一個小盒子：「沒到完全絕望的時刻，千萬別打開它。」
「我該說謝謝嗎？」愛麗絲接過，它只有戒指盒大小，觸感很奇妙，她想起這叫「安博娜木」，很多名流喜歡用做家具：「我可不想經歷『絕望時刻』。」
愛麗絲收起木盒，白女王則表示她需要做一場激勵人心的演說、和指揮軍隊，便丟下她們走了。

「根據學校教的歷史知識，御駕親征可不明智，」愛麗絲左看右望：「三月兔呢？」

「在那？」帽客指向一邊，那有個兔子樣的白影，看起來的確是三月兔。

愛麗絲追過去，兔子卻跑走了。

奇怪？三月兔該沒這麼膽小的。

一人一兔一追一逃，跑過街道、跑過後城門、跑過護城河上的石橋，然後來到國境線。

兔子正好停在國境線上，她只要再後退一步，白王國的黑白境界便隨之失效。

愛麗絲氣喘吁吁，她仔細一看，發現對方的身材較為渾圓，與三月兔的矯健截然不同，予人可愛的印象。

「妳是白兔？」

「不，我的毛色可不是白的。」對方聲音軟嫩，像個孩童。

「妳後退一步試試？」

「才不要！愛麗絲，我來是要警告妳的。」

「什麼？」

「別再反抗了，妳要瞭解偉大紅心皇后的苦心，她的改革終究是為了妳。」

「我可一點都感覺不到。話說回來，白兔，妳加入了皇后陣營嗎？」

「就說我不是白兔！我有寶藍色的皮毛，至於加入……我這叫明哲保身。」

「我從未見過哪隻兔子是藍色的。如果妳來只是講廢話，請回去妳的兔子洞。」
「要記得禮貌……」對方的聲音發顫：「皇后讓我來告訴妳一個消息。」
「什麼消息？招降就免了吧。」
「是關於空洞巨龍的……噢天！光說出這名字就讓我打寒顫。」
愛麗絲瞬間感到渾身僵硬：「空洞巨龍？牠不是死了嗎？」
「牠復活了。」
「什麼？」
「我說牠．復．活．了！」
愛麗絲不敢相信自己的耳朵，那個近乎無敵、胡亂行使暴力，曾使紅心皇后畏懼、還坐擁整個天空的怪物，竟然復活了!?
Jabberwacky——空洞巨龍，或稱炸脖龍、或稱天魔，復活了？
全仙境最危險的存在，牠復活了？
「那不可能！」愛麗絲瞪大眼睛：「我可是親手把牠殺了，我將利刃插進牠的眉心，牠死了好些年了，而且牠的頭骨還崩斷了唯一殺死牠的武器。」
愛麗絲絕不想再次面對那怪物，上次能屠龍完全是靠運氣，要是再對上，愛麗絲或許能殺牠一次，但在那之前會先死個千百次。
「好吧，假設牠真的復活了，但……是怎麼做到的？」

「Jabberwacky——妳要知道這個名字的涵義，那本身就是無義詞。」

「所以呢？」

「空洞巨龍的本質就是無意義呀！牠的存在即是不存在，試問妳要怎麼殺死一個不存在的東西？妳的勝利不過是讓迷惘的怪物回歸本源。」

「不愧是仙境，這太扯了。」

「多做事少諷刺，」對方說：「我趕時間，妳必須做出抉擇，而妳有兩個選項。」

歸順紅心堡並抵抗空洞巨龍；繼續掙扎，最後死於皇后或空洞巨龍之手。她如是說。

這是最後通牒。她又道。

「既然妳趕時間，那就趕快走吧，別遲到了。」

愛麗絲雙手環抱胸前：「幫我給皇后帶口信，說她是個無德又殘忍的暴君！」

「偉大又善良的明君？我會傳達給她的……我得感謝妳，妳讓我得到答覆、還不會遲到。」

她掏出懷錶，看起來像嚇了一跳。

「噢噢，」她加快語速：「我還得盡引路者的義務，妳需要自保的武器吧？妳可以回去看看火刑架，那可憐的紙牌可是生吞了刀刃，掰掰！」她往後一蹦，越過了國境線，直接鑽進兔子洞裡，即使只有一瞬間，愛麗絲很確定她的毛色是雪白。

走回城裡，女王的演講貌似已經結束，所有國民都從正門口出征，白王國因而成了空城。

前一刻狂熱的空氣還殘留著，如死般寂靜的黑白空間，愛麗絲緩步而行。

黑色的背景，白色的龐雜街道，黑色的窗戶裡窗簾微微捲動。

寂寥感爬上背脊，愛麗絲只想找到帽客她們，然後離開。

遠遠地，傳來歌聲，是帽客她們的聲音。

——皇后驅策邪惡！

——女王主持正義。

——舉起刀！

——舉起劍。

——舉起榮耀戴在頭上！

——像帽子？

——才不，是王冠！

——人民成為勇士。

——奴隸升格平民！

——大臣將立於萬人之上。

——一人之下！

——誰？

——白女王！
——演講上說了什麼？
——她說了什麼？
——她說，現在是最黑暗的時代，也是最光明的時代。

「『最黑暗的時代，也是最光明的時代』這真是好句子，」愛麗絲走進一間茶廳，歌聲就是從這傳出來的：「一切都很好，只要妳們不丟下我跑來喝茶。」

三月兔聞言放下茶杯：「我嗅到了這間有好茶的店，然後這裡的人剛好又出去打仗，所以妳懂的！」

「我們可以好好喝幾杯免費的茶。」睡鼠說。

「喔。」

帽客遞茶給愛麗絲，因身處白王國的關係，從外觀上完全看不出是什麼茶種。

愛麗絲啜了一口，充分熟成的口感中帶有麝香葡萄的氣味，是大吉嶺，帽客最愛的種類。

基於父親的興趣，愛麗絲能粗略分辨出一些茶種，但也僅止於此，她沒有更深層的研究。

帽客自三層架上拿了片烤餅乾，愛麗絲用嘴接過，酥脆甜蜜的味道使她著迷。

舒緩的氣氛與甜食，都讓人感到平靜。

「妳們剛剛唱的是什麼？」

「關於女王的演講，她從不往壞方面說，優美、充滿誘惑……而且殘酷。」睡鼠說。
「是嗎？」愛麗絲繼續把餅乾和水果塔往嘴裡送，看著帽客、三月兔、睡鼠三位，心裡冒出很奇怪、又無比正常的疑問。
「雖然有點遲，但我想問一件事。」
「什麼？」帽客應道：「妳想要更多茶，還是甜點？」
愛麗絲的目光非常認真：「聽．我．說。」
這三字令帽客和三月兔目光迷濛，睡鼠也不例外。
「你們當時為什麼幫我？」
「因為……我們也在被追殺？」帽客的語氣不太確定。
「那妳們大可以另外找個地方躲起來，不必陪我犯險，除非妳們有什麼欲求。」
「對耶，我們為什麼要幫妳對抗皇后？」
「是想幫歎復仇？」
「但那是好久以前的事了……」
「為什麼呢？」
「為什麼呢？」
「為什麼……」
愛麗絲查覺到她們的不對勁，她們是瘋的沒錯，但眼中總是炯炯有神的瘋狂；現在卻是隔層紗般地黯淡，音質也變成像從遠方傳來的叫喚。

像被『什麼』影響、乃至取代。

愛麗絲的直覺這麼告訴她。

「不知道。」

「我不知道。」

「我也不知道。」

「我們需要思考……」

她們呢喃著，彼此話句的時間間隔愈來愈短。

最終完全重疊。

她們三個的表情同樣木然，說著同一句話。

「「「愛麗絲，那是因為我愛著妳啊！」」」

愛麗絲一怔，問道：「你是誰？」

「「「我是仙境。」」」

「仙境意志……祢取代了她們？」

「「「不，我仍是帽客、三月兔，和睡鼠。」」」

「我有點聽不懂了。」

「「「仙境意志存在於每位仙境住民身上，大家都代表著仙境和現實的某一部分，愛著妳——是仙境意志，也是我的本意。」」

「所以妳們現在是茶會組，還是仙境？」

「「「都是。」」」

「這太複雜了。」

「「「試著把事情想得簡單一點。」」」

「祢想侵占我。」

「「「或不想？」」」

「別故弄玄虛！」

「「「我愛妳。」」」

「「「我愛妳。」」」

「別再說一些不明所以的，告訴我，祢和皇后為何要這麼做？」

「別……」

「「「我愛妳。」」」

「「「我愛妳。」」」

「「「我愛妳。」」」

「「「我愛妳……」」」

「「「我愛妳……」」」

「「「我……愛……妳……」」」

她們的聲音環繞整個空間，愈見微弱，最終消失。

愛麗絲感覺到祂已經離開了。

隔著一段寂靜，才聽三月兔問道：「妳剛才想問什麼？」

還好，她們恢復了。愛麗絲說：「沒什麼，只是我剛剛遇見了白兔，她叫我去廣場那的火刑架看看。」

「那妳應該過去，白傢伙雖是個卑怯的蠢蛋！但她仍是稱職的引路人。」

三月兔說完，和睡鼠一口喝乾杯裡的茶飲，帽客則直接拿著茶壺往嘴裡倒。

愛麗絲多吃了幾塊甜點，便偕同她們走向廣場。

吊死的屍體還在散發腐臭，火刑架擺在功臣塑像前，底下散落著燃木殘骸與屍灰，焦油把它們弄成一團團黏稠的糊狀物。

其中有東西閃著金屬光澤，像手柄。愛麗絲很奇怪，這裡應該該只有黑與白的。

愛麗絲嘗試把那東西拉出來，卻發現它被埋起來的部分，遠遠大過露出來的部分。髒污有一定的黏性，這使得拔出有些困難。

帽客和三月兔幫忙清除底部髒污，愛麗絲用力一拉，差點往後摔跤，它其實不重。

愛麗絲看著手上的物體，表情呆愣愣地：「這是……什麼？」

一把巨刃，早已超越自保的範圍、名符其實的巨刃！

這可不是像刺劍那樣優雅華麗的武器，更像是愛麗絲在市場上看過的平頭斬骨刀，只是比例上較顯瘦長，它長達四呎、寬約八吋，光澤沉鬱而黯淡。刀面的血污讓這柄重器更顯兇惡。它一點也不鋒利，但愛麗絲可以想見被它砍到的下場——衝擊撕裂肌肉，一路砸碎骨骼。

愛麗絲感覺到它有足以壓垮自己的質量，拿在手中卻不覺沉重。

三月兔好奇地接過它，立刻被其重量拉得倒地。

「怎麼會這樣呢？」

「妳可以問問它。」帽客邊扶起三月兔邊說。

「我又不會說刀子語，況且刀子也不會說人話，」愛麗絲緊盯著它：「你不會說話，對吧？」

確定刀子沒有回應，愛麗絲鬆了口氣。輕撫刀身，她發現刀背邊緣略有凹凸。那裡刻有銘文——持刻盤者堅不可摧。

「它身在白王國而不受影響，代表它如承載時間的刻盤般堅定，也說明它為何不可摧毀。」睡鼠道。

「現在我知道它叫『刻盤』，也知道它很堅固，還有嗎？」

睡鼠搖頭：「除此之外沒什麼特別的，它很不合仙境的格調。」

愛麗絲凝視刀面，映出自身倒影，加上斑駁血跡，這不就像……自己在流血？

愛麗絲驚醒，在睜開眼睛的剎那，又遭遇另一次驚嚇。

她平躺著，這使她的視線自然對向天花板。

天花板上、原本該是木風扇的位置，垂著一顆張大嘴巴的龍頭，它有長長的脖子與佈滿棘刺的鱗甲，兩排巨齒鋒利得像剃刀，口腔裡散發煤油臭味、不時飄散幾絲火星。

怪龍腥紅的眼裡兇光閃爍，直直盯著愛麗絲，壓抑的氛圍凍結整個睡房。

她一下就認出對方是什麼樣的存在，恐懼浸透骨髓，愛麗絲連放聲大叫都做不到，這瞬間她只覺自己死定了。

但至少能死在溫暖的被窩裡，怪龍會將自己的頭咬下，床上會多出一具熟睡的無頭屍。

此時愛麗絲的眼角瞥見書桌上，名為「刻盤」的巨刀就放置在那。

這給了愛麗絲希望，她顫抖著想握住刀柄，但一次、兩次皆抓空，到第三次才將它穩穩地握在手裡。

怪龍咆哮著，愛麗絲懼極生勇，從床上跳起，揮舞刻盤直砸龍的鼻子。

接下來愛麗絲已經完全搞不清發生了什麼，她閉著眼睛亂砍，只聽龍憤怒地嚎叫、金屬與鱗片撞擊聲，還有不知是什麼破裂的聲響。

整個狀況一團糟，愛麗絲完全不想睜開眼睛，只是機械性地揮刀，手臂上不時傳來痛楚，對方的攻擊同樣猛烈。

之後那些聲響逐漸變化，龍嚎成了扇葉轉動困難的嘎吱聲，砍擊聲則變成像刺在木頭上的突突聲，除此之外已沒了動靜。

愛麗絲緩慢地睜眼，房裡的景象告訴了她幾項事實——怪龍只是吊在上面的風扇，如今它嚴重損壞，缺了整整一截扇葉；刻盤大刀也不過是支鋼筆。

所以自己只是拿著鋼筆，在床上跳上跳下、拚命攻擊吊扇？而且還掛了彩？

愛麗絲不知該哭還是該笑，她只癱坐在床上，仰望那艱難轉動的風扇。

家人們聽到動靜都跑了過來，父親看到愛麗絲手臂上被扇葉劃出的傷，認為風扇質量不過關，才會這麼快損壞，他氣急敗壞地說要給廠商寫投訴信。

勞琳娜則忙著替愛麗絲處理傷口，熟練地消毒塗藥，用繃帶纏了幾圈後，又出去找家庭醫生，她畢竟不是專業的，還是得找人來看才放心。

愛麗絲的傷沒什麼大礙，等到兩人離開，她才開始準備上學要用的東西。

一轉身，愛麗絲看見伊迪絲身著睡衣站在門口。

這個奇怪的二姊緩緩移動視線，她仰頭看了看壞掉的風扇，又盯著落在地上、筆頭嚴重歪曲的鋼筆，還有愛麗絲手臂上的繃帶。

「把扇葉當成敵人攻擊？嗯……好熟悉的故事，可不是嗎？」伊迪絲微笑道：「妳是怎麼想的？唐吉軻德。」

柒章　愛爾蘭

維多利亞女王治下的英國，工商業蓬勃發展，航海技術的領先使人們爭相朝外開拓，各地的政治、經濟、文化，均由語言、船隊與貨幣緊密連結；從溫哥華到上海、自直布羅陀到瓦爾帕萊索，世上凡有人居住的土地大多都受其影響。經緯度早已不能限制這龐然大物，日不落並非只是稱號，如今的英國正如午間烈日！

蓬勃發展加速著腐敗，而腐敗又增進了改革的腳步。

倫敦則如一頭盤據於英國領土的巨獸，吸入源源不絕的金錢與慾望。

「這裡變了很多，變得更好、也更糟了，」歷史講師說道：「妳們應該多學點歷史，這樣才能更清晰地理解時事。」

看著台上滿臉風霜的老頭子，愛麗絲心想「誰管這麼多？」

講實話，她已沒心情去在意那些。

現在她只想搞清楚自己身上發生了什麼、又該如何解決。

「唐吉軻德事件」過後，愛麗絲去了學校，她不想讓任何人發現她的異常。暢銷書和幻覺可能會影響她、但不能支配她，她選擇繼續一貫的生活。

而且……經歷過早上的事情，她不認為普通的幻覺能嚇倒自己。

「愛麗絲，妳的臉色看起來比平常還糟，有什麼不順心的？」坐在隔壁的艾瑪說著悄悄話：

「妳的手臂怎麼了？」
「只是摔了一跤。」愛麗絲照常回話，即使對方頭上長著一對長長的兔耳。
「以後小心點。」
「我和妳不一樣，妳可是謹慎的白兔。」
「什麼？」
「沒什麼，我弄錯了。」
「弄錯了什麼？剛剛那話我沒聽清楚，妳可以再……」
艾瑪一臉疑惑，見老師往她們這看，立馬住嘴。
「愛麗絲．李德爾小姐，我想妳願意回答這個問題，」老師問說：「妳覺得身為一位正統的英國人，該如何面對時代的改變？」
「更加努力、取得更多利益，同時保持心靈的平衡以榮耀上帝。」愛麗絲說，她見過很多大人都如此告誡孩子。
「錯了錯了，」他搖搖頭：「歷史告訴我們，我們應當知足，試問有多少帝國因貪婪而毀滅？數世紀前的蒙古幾乎打下整個世界，卻因無力管理而衰敗；反觀我們日不落，我們的確快速擴張，卻是在準備萬全的前提下，佔領每一塊應屬於我們的領土。」
此時有位學生舉手提問：「老師，什麼才叫『應屬於我們的領土』？」
「妳家，還有全世界。」

「那真夠『知足』的……」愛麗絲咕噥。

「我們要知足，看看貧民窟的可憐孩子們，他們食不飽飯、睡不好覺，十幾個人住在漏水的小屋子裡，打六歲起就得做體力活，相比之下妳們真是太幸福了。或許妳們會覺得我講話沒有重點，但我只是要妳們珍惜身邊的一切，這才是生存之道。」

「老師，我能坐下了嗎？」

「喔，當然，」老師補述：「總之，不知足的人永遠只會是孩子。」

下節課是算數，由於原本的老師臨時有事，所以找了別人來代課。

但愛麗絲怎麼也沒想到會是道奇森叔叔。

但也僅是驚訝而已，沒有額外的感受。

畢竟在愛麗絲眼裡，這堂課有一半以上的時間，在台上講課的是隻長著人手的渡渡鳥。這位大作家揮舞教學杖，用輕微口吃的言語滔滔不絕地講述知識時，樣貌不斷於人與非人間變換。

講師是如此，部分同學也是如此。

愛麗絲感到一陣陣頭暈，噁心得想吐。

世界逐漸無法以正常的樣貌映入眼底，卻連恐懼都感受不到，這才是最令她害怕的。

手撐額頭直到下課，愛麗絲抬頭，與道奇森叔叔四目相對，

「愛麗絲，妳願意和我單獨談一會嗎？」他說。

「抱歉，我今天很累，可能談不了多少。」

「這件事妳一定得知道，」他表情嚴肅，左看右看，似乎在警戒著什麼：「關於亨利，也就是妳、妳的父親。」

「爸爸，他怎麼了？和你們之前的爭吵有關？」

「這件事不該在這說，這牽涉到一些……敏感話題。」

道奇森叔叔道：「就像妳小時一樣，我幫妳拍照，然後說說這件事，沒人會發現的。」

「攝影？好吧，」愛麗絲聳肩：「渡渡鳥看起來很愛拍照。」

「渡渡鳥？喔喔，我還以為妳不喜歡我寫的書。」

「我恨透它了！」

「為、為什麼？」他感到錯愕：「妳小時候一直分享仙境的故事呢。」

「那是錯誤，」愛麗絲忽然意識到她不是在和仙境人物說話：「抱歉，我今天狀況很糟，講話比較直接。」

「沒關係，這很好，就跟妳小時候一樣。」

愛麗絲嘛嘴，這人根本不瞭解自己！

走至學院裡某處草坪，道奇森叔叔架起攝影機，脫下外套把他自己和攝影機一同蓋住，據說是為了防止過度曝光。這對愛麗絲來說是好事，渡渡鳥和人只要被蓋起來，看上去其實差不多。

「愛麗絲，我就直說了——是有關愛爾蘭的。」

愛麗絲試圖擺出一些有大人韻味的姿勢：「愛爾蘭自治運動，那和爸爸有什麼關係？」

「亨利他被懷疑是自治運動的推手之一。」

「什麼⁉」

「小、小聲點。」

「為什麼？他做了什麼嗎？」

「他一直和愛爾蘭教育界有書信往來，當然，我是相信亨利的，但事實就是那邊爆發了自治運動，還涉及不少教育界人士。而身兼多校正副校長的他自然首當其衝，我想政府那邊很快就會有人來找麻煩的。」

「這太蠻橫了，為何不解釋清楚。」

「解釋？妳以為解釋有用？或許啦，但這不適用於妳父親，不是我要說，亨利他、他實在太頑固了。」

「怎麼說？」

道奇森叔叔不斷調整鏡頭角度，邊說：「我已經警告過他，但他卻說『沒做過的事情就是沒做，無須多辯』，還說我不夠信任他，就這樣拒絕進一步行動，這、這是多愚蠢的行徑？司法總會還人清白，但那通常是人死後的事。」

「自治之後往往就是獨立，要是亨利真被定了罪，那將是損及大英國格的罪名，他必須在時機過去前謀求生路。」

愛麗絲覺得連吞口水都是苦澀的：「那要怎麼辦？連你都不能說服爸爸，那我……」

「妳可以的，我們是一生的摯友，可妳是他女兒。」

「但萬一……」

「要是有個萬一，聽著，」他加重語氣：「永・遠・不・要・知・足。」

「嘿，老師才剛呼籲要懂得知足呢！」

「這是最惡劣的行為，別去管那傢伙說什麼，想想吧，當、當亨利出事，妳該依靠誰？妳沒有伊迪絲的龐大知識、更沒有勞琳娜般深諳人心，她們都能為自己謀求生路，但妳呢？」

「我可沒姊姊們厲害，」她略為惱羞：「而且知足與否，和這事有什麼關係？」

「關係可大了，當妳無力支撐自己，妳應不擇手段攫取能得到的一切，無論那該不該屬於妳；是不是常聽到大人說『那孩子很可憐，妳失去的那一點，比他全部身家還多，所以要知足』？這完全是錯誤的，這就是在利用他人的不幸施教、並唆使其自甘墮落。」

「這聽起來有點抽象。」

「若不求取，即是承認剝削。」

「瞭解了……我會回去勸勸爸爸，還有什麼事嗎？」

道奇森叔叔按下最後一次快門，顫著手，緩慢地收起器材並穿戴整齊，方才嘆道——

「我只想保全朋友。」即轉身離開。

……

……
愛麗絲抹了把汗，她看見那雙憂鬱的瞳中，燃燒著火。

稍晚回到家，愛麗絲直接跑到父親的書房前，敲門，卻沒有回應，她索性推門進去，發現父親趴倒在桌上，四周散落著公文紙，墨水灑得到處都是。

又辦公辦到累昏了？

愛麗絲拾起一張草稿，撇除被劃掉的部分，她看到上面寫著一些事、關於獲罪的事：

我什麼都沒做，但你們可能不會相信、也不能相信吧？

當事情的格局擴大到國家，往往是寧冤枉一千人也不能放過一人，我完全可以理解。

我知道不管說什麼都會使你們難辦，所以不打算多加申辯。

你們執法，我來遵守。

我沒有立場提出條件，但看在我多年奉獻的份上，還是希望你們別為難其他人、並保證他們的生活。

愛麗絲，我最小的女兒。

查爾斯．道奇森，我最好的朋友。

我尤其放不下他們兩個。

愛麗絲還需要一點時間，才能面對大人的世界。

道奇森是個出色的成年人，但我想依他的個性，肯定會不計一切為我辯護，那將招致可怕的後果，我可不想拖他下水——而拘留所也塞不進一位名作家，他膨脹的自尊會卡住門框，導致所有人動彈不得。

他們絕對是無罪的，我以性命做擔保。

獲罪的只該是我——亨利．李德爾。

……

父親的筆法比起公文，更像是要寄給某位熟人。內容大致上都是為道奇森叔叔開脫，完全沒提及自身的安全，也沒有提到兩位姊姊。

愛麗絲眼眶發熱，又感到些許好笑。

父親與道奇森叔叔，他們互相怒罵，只為了袒護彼此？

大人也太複雜了。

太奇怪了。

愛麗絲搖搖頭，撿起落在地上的風衣，披到父親身上。

她又看到地上掉著一塊柴薪，於是學著父親，往無火的壁爐裡一扔。

明明沒有火焰，愛麗絲卻感到莫名地溫暖。

捌章　仙境4

愛麗絲一行從白王國逃了出來。

轉身看向遠方，白王國再也不復原樣，它的黑色成了葡萄酒般的紫紅，白色則被煤煙熏成了酪黃，叮叮咚咚、乒乓乓乒聲響起。不知何時，主殿頂已被插上紅心堡的旗幟。

「剛剛實在太驚險了！那些紙牌簡直像海洋一樣！」三月兔驚道：「妳知道嗎？我們要是稍晚一步離開……」

「便會死無全屍。」帽客接道，眼神直盯愛麗絲。

「刻盤雖然不重，但也不是沒重量、刃面又大，」愛麗絲撇嘴：「跑不快，這可不能怪我。」

帽客聳肩，邊搖醒睡鼠。

「算了，跟妳們吵也沒意義。」愛麗絲搖搖頭：「至少我們逃出來了。」

回想起不久前的景象，她還心有餘悸。

白女王帶領全民外出打仗，白王國因而成了空城，紅心皇后很快發現了這點，並派兵攻佔。

首先只是個白影顯現，然後愈來愈多，成百上千、成千上萬的紙牌士兵從天而降，他們眼前毫無阻礙，如行軍蟻吞噬巨蟒，即便佔領整座城池。他們搭起鐵橋、豎起煙囪，鋼鐵的支架爬進那塊土地，只消一眨眼的功夫，工業的黴瘤就遍布全國。

那時愛麗絲一行剛踏出國境線，若再慢個幾秒，她們就得面對無以計量的敵人。
「最可怕的不是迷路，而是缺乏目標，接下來我們該往哪走？」睡鼠說。
「渡海，」帽客眼神飄向遠方：「那樣正好和女王軍匯合。」
「我討厭水！」三月兔抗議：「誰都知道，妳不能把一隻兔子丟進水裡。」
「我們坐船。」
「船!?皇后連港口都蓋了？」
「假烏龜最近當上了船長，我們可以尋求她的幫助。」
「也就是說我們得去海邊？」愛麗絲插話，她微微蹙眉：「仙境的海從沒固定的位置，我們該怎麼去。」
帽客拋接手杖，手杖飛上天、掉在地上，杖頭指向愛麗絲身後。
愛麗絲聽見海潮聲，周圍的濕氣忽然變重。
她轉身，看見一片波光粼粼的大海，海面在夕陽下閃著金黃絢光。風裡帶著腥鹹味，浪規律地迭落起伏、拍打沙灘時隱約藏有節拍。
「這海是什麼時候跑到我身後的？」愛麗絲說。
「我想它也是從皇后那逃出來的，」睡鼠眨眼：「沒有海域會自願被汙染。」
「船。」帽客撿起手杖，另隻手往遠處海灘一指。
那裡有艘木質帆船。

愛麗絲也看見了，但不知是否是因距離過遠，以致於她看錯一些細節。

那艘船上，似乎掛著一面骷髏旗。

愛麗絲走近，發現那船不大、且略顯破舊，看樣子還擱淺了。它雖掛著骷髏旗，但根據愛麗絲讀過的故事，海盜都擁有優秀的航海技術，如果有艘船又老又破又擱淺，那肯定不會是海盜船。

畢竟沒人說過骷髏旗就一定是海盜旗，那終究只是符號。

嗚……嗚嗚……

嗚嗚嗚……嗚……

嗚嗚……嗚嗚嗚嗚……

哭聲？

愛麗絲聽出是誰的聲音，她繞到船體後方，看見一隻假烏龜。

假烏龜——她擁有牛的頭顱和尾巴、海龜的四肢與殼，這生物蹲坐在沙灘上哭泣。愛麗絲很訝異，她發現對方少了右手和左腳，取而代之的是鐵鉤子和短木棍狀的義足。

「我想除了愛哭這點，仙境裡再找不著比妳更像海盜的人了，」愛麗絲問道：「發生什麼了？我記得妳還上過學的。」

「嗚嗚嗚……知識分子就是強盜，皇后是這麼說的。」

「皇后說要保持社會安定，嗚嗚……需要一點『小亂源』，我上過學……她說我肯定擅長偷搶拐騙，還是水族……就讓我當了海盜，她為了把我弄得更接近那形象……所以……」

「所以她就砍了妳一隻手、一隻腳⁉」一旁聽的三月兔驚呼：「天哪，妳肯定很辛苦！」

「她還挖了我一隻眼！！」假烏龜翻開左眼眼罩，露出黑洞洞的眼眶。

「我只知道妳當了船長，」帽客表情不變，伸手碰觸假烏龜的船長帽：「但我不知道妳還得到了帽子。」

「別碰！妳沒看見船都擱淺了嗎？這已經是我最後的財產了，」假烏龜一怔，眼淚又流了下來：「對呀，沒錯，我最後的財產就是一頂帽子、一頂帽子啊……」

「或者兩頂？」帽客拿出一頂花帽。

「嗚啊啊啊啊……」

假烏龜哭得更兇了。

「先說，妳的船是怎麼擱淺的？」愛麗絲更在意這個問題。

假烏龜一愣，眼角還掛著淚珠：「我不知道怎麼開船，所以就讓它漂著，然後就被帶上岸……妳看，連錨索都斷了。」

「那真悲劇。」

該怎麼讓船重回海裡？愛麗絲想了想，她在科學課上學過一些東西：「漲潮的時候水面會升高，我們趁那時開船。」

「漲潮？」假烏龜不解。

「是指月亮引力牽引海潮的現象。」

「我當然知道！我可是上過學的，我只是很驚訝妳會這麼難的東西，但現在是黃昏——妳們帶來的黃昏，該上哪找月亮？」

「不需要月亮，」帽客道：「愛麗絲，只要妳的刀。」

「妳說刻盤？它能做什麼？」

「海在移動。」

「帽客，妳能不能把話說清楚？」

「她就是有這壞習慣，」三月兔攤手：「海在移動，要是只有船不移動，那就等於船在移動了吧？」

睡鼠說道：「用刻盤把船底和地面釘在一起，就像砧板上的魚。」

「這比喻不太恰當，希望船別被剁成兩半，還有，這方法合理嗎？」

「我們合理嗎？」三月兔動了下她的兔耳。

「妳們不合理，但並不代表其他事情也能不合理。」

「要是任何事都要合理，那才是不合理。」

「別爭了。」帽客揹著睡鼠，強硬地拉著她倆走上船，並下到底層船艙，假烏龜則跟在後頭。

船底層幾乎伸手不見五指，點燃油燈，愛麗絲才發現這船連底板都破破爛爛的、甚至能看見底下的龍骨。

四處瀰漫著一股潮濕發霉的臭味，燈影飄晃，影子於船壁上扭曲變形。

愛麗絲想趕快到上層去：「只要把刻盤插下去就行了吧？」

「別弄壞龍骨了，要從空隙下刀。」睡鼠提醒。

愛麗絲點頭，高舉刻盤，往下猛力一刺——

刻盤刀身直穿船底、穩穩刺入下方地面。

明明是平頭刀？

聽見上頭假烏龜的呼聲，愛麗絲爬上梯子行至甲板，俯身往下一看。

隨海岸線朝內陸推進，原本只有腳踝高的吃水漸漸上升。卻沒被沖到岸上，她想這就是刻盤起的作用。

浮力隨水位上升增大，由於刻盤是垂直釘進岩面，它能抵抗平行的海流力量；浮力則能較簡單地將之拔離。

當吃水達十餘呎深時，船身猛地抬高，搖晃幾下後便趨於平穩。

「啊……啊啊……！」假烏龜當場跪了下來，仰天哭嚎。

「嗚啊啊啊啊啊啊啊啊啊——」

又開始狂笑。

「哈哈哈哈哈——啊哈哈哈哈哈——我的船！一艘破船！可以啟航了！快！水手們，快揚帆！！」

「水手？」愛麗絲低聲問：「誰是水手？」

帽客默然地爬上桅桿，放帆並加以固定，又走到船長室，一面拿著羅盤海圖一面教假烏龜掌舵。

三月兔憑她卓越的彈跳力上至瞭望台，手持望遠鏡充當航海士。睡鼠則在甲板上曬太陽、睡覺。

愛麗絲不知該做些什麼，她坐在欄杆上往遠處望，天上海中兩輪紅日，與汐波蕩漾著險惡惑人的光芒，景色好似無窮無盡。

海風吹多了，她覺得有些口渴，於是下到船艙想找點喝的。

那兒有不少圓木桶，其中一個是橫放的，搖晃一下，有液體流動聲，愛麗絲想這是水。拔開木栓，裡頭的液體潺潺流出，愛麗絲大大喝了一口。

「咳、咳咳……」

一股辛辣味直衝鼻腔。這些液體就像在胃裡發生爆炸，灼流朝咽喉狂湧。

這令愛麗絲感到莫名的快感，她吐出一大口酒氣，全身發熱。

感覺好極了！

酒精摧毀了她的理智，她又牛飲幾口，長紓了口氣，聽見三月兔的叫喚，於是搖搖晃晃地上甲板。

「怎麼了？」她望向瞭望台上的三月兔：「有妳們的黃昏在，天氣不會出狀況吧？」

「是船，」三月兔遠眺：「三點鐘方向，還掛著紅心旗！」

「紅心旗……不就是些紙牌而已嗎？」

「我會搞定他們。」愛麗絲晃到船長室，一把搶過方向舵。她不顧帽客與假烏龜的勸阻便把船頭轉了九十度，直直往敵船駛去。

「停下，」帽客架住她：「妳喝醉了。」

「我沒醉！」

「咻」破空聲響起，一支羽箭筆直地飛來。帽客伸手急抓，她空手握住箭桿，箭尖離愛麗絲額頭僅有半吋。

愛麗絲愣了下，趁機掙脫帽客的手臂，邊躲避自對面飛來的箭矢、邊藉帆繩登上瞭望台。她奪過三月兔手中的望遠鏡，發現敵船已近在咫尺，於是哈哈一笑，將之拋入大海。

「該死！」三月兔大叫：「誰讓妳喝酒的⁉」

「我……沒喝！」

敵船乘風破浪，急速接近假烏龜的帆船，現在可以看得很清楚，那是艘覆蓋鐵皮的龐然大物。船體兩側的機輪噗噗地打著水，整艘船都是黑灰色，只有旗幟與船緣漆成桃紅。

要是撞上，這邊會連人帶船被撞得粉碎，甚至不能給對方一點傷害。

帽客與假烏龜合力扳舵，雙方船頭正好錯開，船身與對方相擦處發出嘎吱異響，近乎解體。

愛麗絲趁兩船接近的瞬間跳上敵船，好不容易穩住重心，她直起身，看向眼前數以百計的紙牌兵，狠狠瞪眼，怔了一下，卻又笑道：「你們啊……不就是些玩具嗎？」

「討厭啊！明明就是玩具，明明是孩子們的東西、孩子的世界，卻想著迫害我——我不是孩子吶！」她一連跺了五次腳；「我不是孩子，大人的話……會拿紙牌做些什麼？疊塔？還是……」

她踹飛一個試圖接近的紙牌兵，將他的配刀連手腕一起擰下。

「我知道！他們會賭博，輸牌然後將牌撕碎洩憤！」

「你們悍不畏死，但你們很脆弱。」

「你們的軀體只是張薄紙，你們的紅心只是圖畫，你們會被撕裂，就像、就像……」她一時想不到適當的比喻：「就像我撕碎你們！」

紙牌士兵們早已準備好白刃戰，他們發出刮玻璃似的咆哮，一擁而上。

愛麗絲揮刀將眼前的敵人攔腰斬斷，用刀柄護手架住另一人的揮砍，旋身踢擊，在他身上穿出一個大洞。

「討厭啊你們！」

「討厭仙境！」

「討厭工業！」
「討厭小孩！」
「討厭大人！」
「好討厭好討厭好討厭好討厭！！為什麼都這麼討人厭啊⁉」
士兵們的斬擊在愛麗絲身上留下一道道血痕，相較於疼痛，那留在皮膚上的黏膩觸感更令她煩悶。
每走一步、每揮砍一次，愛麗絲身上又會多一道血漬，搖搖晃晃地閃避攻擊，有時無法保持平衡而躺下，刀尖仍直指敵人咽喉。
酒精與憤怒讓她不能自己，她爬起來砍飛一個倒楣鬼的頭、踩爆他的眼珠：「我好累好累，我在夢裡廝殺，在現實裡卻還得接受幻覺的折磨……嗚啊——」
她哽咽著哭了出來：「我是愛麗絲、愛麗絲！——一個活生生的人類啊……我不是書中人物，現在我甚至不能擁有正常的知覺。」
「我做錯了什麼？」
「你們又做對了什麼？」
「我想要成熟。」
「你們卻試圖把我變成瘋子！」
愛麗絲涕淚橫流，她豎刀一指，喊道：「告訴我，你們鍾愛的皇后到底想要怎樣？」

士兵依然前仆後繼，愛麗絲用利刃將之劃成兩半、以刀柄敲碎腦門，乃至用牙撕咬，將他們一一化做碎塊。

她愈哭愈想哭，心口煩鬱像堵著熔岩，只得大喝：「都．停．下！！」

紙牌士兵們僵直住了……

「愛麗絲她是發了什麼瘋⁉」三月兔又叫又跳：「她會支撐不住的。」

「酒瘋。」帽客表情淡然，卻同樣憂心忡忡。她看著敵船甲板，剛剛還打得非常激烈，現在卻沒人動彈，於是一甩船舵：「還來得及，我們繞去另一側接她。」

「不准！」假烏龜叫道：「我的船禁受不起更多折磨了，這是我最後一份資產！」

帽客猛地撲倒假烏龜，一拳打在她腹部，腹甲微裂，滲出血絲。

假烏龜痛嚎，帽客又揭開對方的眼罩，手指在那黑洞洞的眼眶裡摳弄：「船或愛麗絲？」

假烏龜不斷尖叫：「妳是強盜！」

「妳還是海盜呢。」

「我是海盜，但我從沒想過掠奪。」

「那就是妳的錯了。」帽客不再言語，取了繩子把假烏龜綁起來，丟在一邊。

右滿舵，主副帆一齊展開，船身以很勉強的動態劃破水面，從原本的位置繞過敵船船尾，自另一側接近對方甲板。

紙牌士兵搖頭晃腦，漸漸恢復行動能力、形成裏外三層的包圍圈，中央的愛麗絲則接近精疲力竭。

「不行了！再靠近鐵定會撞上的！」三月兔拿了片木板擋箭：「而且愛麗絲現在也衝不出來。」

帽客壓低帽簷，底下的目光平靜中蘊有森寒。

她盯著敵船，那是半蒸氣半帆船的樣式，船身覆蓋著層層鐵皮，桅桿部分的防護卻相對薄弱。她撿起睡鼠，將之叫醒並使了個眼色，睡鼠會意，於是點了點頭。

帽客高舉睡鼠，隨後用力一擲——

睡鼠直直飛了出去。

「我——是——鳥——了——」

睡鼠飛越十餘碼的距離直達敵船，伸爪勾住帆繩，並沿著它爬到桅桿根部，張口往硬木桿上一咬，很堅硬，但並非完全咬不動。

「這對下巴是種折磨，啃木頭該是白蟻的工作。」睡鼠抱怨，因為個子小所以沒人注意到她。不出幾分鐘，紙牌士兵徹底擺脫僵直狀態，愛麗絲提起滿是豁口的刀，又展開一場混戰。此時睡鼠已經把桅桿咬了一半深。

「可惡！」愛麗絲手上的刀終於不堪負荷而折斷，她將僅剩三分之一的刀身丟棄，從屍體手中扯下新刀，回身對砍。

打著打著，愛麗絲突覺膝蓋一軟，血液好似瞬間離開腦部，視線變得模糊。

怎麼？她甚至感到呼吸困難，體力嚴重透支。

愛麗絲氣喘吁吁，她單膝跪下，把刀插進船板支拄上半身。

紙牌們又進一步縮緊包圍圈。

愛麗絲不想赴死，身體卻不聽使喚。

在夢裡死了，在現實中會怎樣呢？醒來？或就此長眠？

酒精讓她無法深入思考，疑問也變得毫無意義。愛麗絲看得見周遭一切，紙牌們的威脅、不遠處試圖來搭救的船隻，唯獨軀體無法行動。

「嘎吱……」

什麼聲音？愛麗絲聽見像是什麼東西斷裂、並絞緊的聲響。

「嘎吱……」

「嘎吱……」

睡鼠爬上桅桿，咬斷支撐它的幾條纜繩，最後飛身一撲，撞在基部已被啃掉九成的桿身上，成為壓垮它的最後一根稻草。

桅桿斷了，它倒下，發出「碰！」的巨響，壓壞了部分甲板，並成為連接兩艘船的橋樑——那是很奇妙的景象，一根斷桿橫躺在大小兩船之間，中間隔著海洋，部分士兵被帆繩纏住，就這麼落到海裡，倒像垂釣似地。

帽客跳上斷桿一路跑到敵船，揮杖擊退幾個紙牌士兵，抱起愛麗絲就往回跑，而那些追擊而來的紙牌則被三月兔一腳一個踢落海中。

「紙製品連做魚飼料都不行！」三月兔又踢落一名士兵，野兔強勁的腿力與平衡感給了她不少優勢，有愈來愈多的紙牌兵掉進海裡，他們載浮載沉。

海底沒有光芒，望向深海，就像望著巨獸的口腔，海流則如牠的吐息。

於兩船之間浮沉的紙牌士兵，他們透過彼此殘缺的身體，看見了「那個」，從海洋深處逐漸放大的黑影，還有兩團火炬似的光芒……就像眼睛。

黑影吞沒了他們，紙牌兵們的意識墜入黑暗。

「嗯？」帽客才剛放下愛麗絲、接了睡鼠回船。她左顧右盼，感到些許不對勁。

異樣的震動自甲板傳上腳底，帽客由欄杆處往下一望，她看見兩船之間一大片黑影、與逐漸上湧的潮流。她連忙跑上斷桿，也不管紙牌們是否會突破防線，一把將三月兔扯回甲板。

「幹什麼⁉」三月兔叫：「我踢得正歡！」

「臥倒。」帽客趴下，三月兔愣了下，便聽話地照做。

接下來的景象，一言以蔽之——

海爆炸了。

水柱猛然由兩船之間冒起，激起萬千碎浪，把正上方的斷桅桿擊成三段，「那個」以擊碎亙古平靜的氣勢，嚎叫著從海裡竄出。

巨浪推開兩船，水花退去，怪物的正體終現眼前。
是海象，但那可不是馬戲團裡「孩子們的好朋友」。
那可謂噩夢化身——龐大的身軀遮蔽太陽，吻部鬚毛閃爍著鋼針似的光澤，兩枚長牙自上頷突出，軀體兩側的鰭肢則猶如大鉈。牠渾身皮膚坑坑洼洼的，從裏頭流出的膿血帶著機油臭味，將附近的海域染得一片漆黑。
假烏龜哇哇大叫，從船頭滾到船尾。
海象對紙牌們的鐵皮船沒什麼興趣，尾鰭一拍便使其翻覆。愛麗絲趴伏於前側甲板，半睜著眼睛，她看見海象那貪婪的雙目，還有逐漸迫近的，彷彿直通深淵的巨口。
海象從船頭一口咬下，愛麗絲眼前一片漆黑。

「啊……」愛麗絲睜眼，躺在床上喘氣，黛娜湊近，牠的雙眼在黑暗中發光。
愛麗絲伸手，黛娜跳開。她沒打算起身，仰望空蕩蕩的天花板，拆除風扇後，那裡僅剩幾個螺栓造成的孔洞。
腳步聲？
愛麗絲聽見門前有動靜，除了腳步，還有說話聲。
那是勞琳娜的聲音：「爸爸，你得和她道別。」
「她該睡著了，而且我不知是否要告訴她——我明日就得前往警察廳。」

「如果她一早起來，發現你不在的話，會更難過的。」
「說的也是，」父親嘆氣：「那伊迪絲呢？」
「二妹……我一直看不透她，但她應該早就知道了。」
「勞琳娜，妳和伊迪絲都是堅強、聰慧的孩子，遠超過我，但愛麗絲……她還是個孩子，妳和我，不都深愛著那份天真嗎？」
勞琳娜輕笑：「這話如果讓她聽到，她會生氣的。
「也是。」
「而且，她也許比我們想像的要堅強。」
「或許是那樣……」
「開門吧。」
愛麗絲又聽見鑰匙開鎖的聲音，門隨即被推開一條縫，線狀光芒照在她臉上。
「愛麗絲，還醒著嗎？」父親輕聲道。
愛麗絲把臉埋進枕頭裡。
「果然睡著了，」父親走近，蹲在愛麗絲床邊，低聲說：「愛麗絲，接下來我有幾天會不在家，但不用擔心，我會很快回來的；也不用擔心家事，妳姊姊會把一切都置辦好，偶爾給她們搭把手就夠了，千萬別勉強自己。」
父親撫摸她的頭髮，帶著點顫音：「我會很快回來……」

父親起身，愛麗絲微微側頭，眼角中他削瘦的背影顯得很寬大。
昏昏沉沉地，愛麗絲抓住他的衣角。
「嗯？」父親一愣，回過身，嚴肅的表情裡帶著苦澀。
「不要走，
不要離開，爸爸……
爸爸……」
父親握住愛麗絲的手，表情柔和下來，又忽然變得冷酷。
「怎麼現在還不睡！」
「爸爸？」
「這麼晚了，妳還要上課的！我會叫老師多加幾份作業！」父親甩掉愛麗絲的手。
「等等，為什麼？」
「我只是去出個差，小孩子別擔心那麼多，快睡！」父親忽地起身，快步走出房間並用力關上房門。
一時間，愛麗絲的房間又回歸一片黑暗寂寥。
大人最討厭了。愛麗絲想。
就是在如汪洋的溫柔裡，凸出的小小的、嚴厲的礁石，才讓人覺得刺痛。
這就是，成熟嗎？

愛麗絲癱在床上，感覺空間逐漸歪曲，她好想逃。

空間歪曲，然後感受到一種掉落感，她反射性地閉上眼睛。

——愛麗絲。

——愛麗絲！

——快醒醒！愛麗絲！

聽見三月兔的叫喚，愛麗絲緩緩睜眼。

「酒醒了？」帽客拍拍愛麗絲的臉頰。

「頭還有點痛，」愛麗絲揉了揉額頭：「帽客，我剛剛做了一個夢。」

「做夢是一種餘裕，當妳做不了夢，妳必須面對現實，」睡鼠說：「何不看看我們現在在哪？」

「我很清楚，」愛麗絲坐起來，眉頭深鎖：「我們在海象的胃裡。」

這是一個巨大的、充滿惡臭的空間，粉紅色的肉壁鑲嵌著鮮紅血管，胃壁蠕動，血海似的消化液便隨之翻騰，骸骨與肉片、船骸與兵器，都在這裡逐漸腐朽消融。

愛麗絲發現假烏龜不見了，她又看了看腳下僅剩前半段的船骸，也許假烏龜沒被吞進來。

愛麗絲問：「這裡只有我們嗎？」

「如果不算上這些傢伙，」三月兔踢走一具漂近的紙牌士兵屍體：「我想是的。」

愛麗絲盯著那些被腐蝕的武具：「對了！刻盤呢？」

刻盤大刀的那份堅實厚重，拿在手裡會有一股莫名的安定感。即使才得到沒多久，愛麗絲已經喜歡上它了。

「我得去看看。」愛麗絲說。由於現在船是翻覆過來的，她們都站在原本是船底的地方，要是刻盤還在，沿中線縱樑走肯定能找到。

「有了，」愛麗絲發現它露出來的半截刀身，將之拔出，揮動一下，點了點頭：「還是你好。」

「嗯？」她聽見有打水的聲音，於是往船骸邊緣一看：「誰？」

「噢——是愛麗絲啊，好久不見了，」下方傳來蒼老且嘶啞，卻異常宏亮的聲音。一位滿頭白髮的老爺爺，他胸部以下都泡在消化液裡，正死命攀著船緣：「我快死了，妳得拉我一把。」

「哼，」愛麗絲小心翼翼地滑下斜面：「你變老了，木匠。」

「是妳變年輕了，愛麗絲。」老人握住愛麗絲的手，使勁把身體往上撐。

「我還沒聽過有人能變年輕的。」

「那只是妳孤陋寡聞，我的閱歷可比妳多多了，我知道有個人，他出生時是個老頭，死時卻是個嬰兒。」

愛麗絲把對方拉上來：「那真神奇……你的身體⁉」

定睛一看，她驚覺老人瘦小的身軀幾乎都破破爛爛的，皮膚龜裂，肌肉潰爛，雙腳部分甚至腐爛得露出白骨，原本結實的工作服也變的一絲一絲地，滿是破洞。

「沒事，」老人、也就是木匠的表情陰惻惻的：「我已經沒有感覺了，妳們遲早也會這樣的，我朋友的胃可好著，我還沒見過牠消化不良呢。」

「真希望你朋友能多喝點海水，你知道該怎麼出去嗎？」

「愛麗絲，看看我！」木匠用雙手在地上爬行：「我根本不想出去！」

「不想出去？不是出不去？」

「妳不懂的，在老夥計還只和我一般高時，我們就已經待在一起了，」他自豪地說：「說到木匠就會想起海象，說到海象就會想起木匠！」

「說到木匠，我真希望沒搭理過他。」愛麗絲拖著刻盤扭頭就走。

愛麗絲快步走回帽客她們所在的地方，那三人正升起篝火，圍成一圈開茶會呢。三月兔看見在她身後爬行的木匠，驚詫道：「愛麗絲，看看妳找著了什麼⁉」

「一個半死的老人……但他比蒸汽機還精神，」愛麗絲問：「妳們還打算喝茶？」

帽客把鐵杯遞給愛麗絲：「剛煮好的。」

「英國人相信茶優於一切，包括友情；海象會吃人，但我們可以喝茶。」睡鼠凝視著木匠。

「我們正缺少茶會的話題！和我說，是你造出了皮諾丘嗎？」三月兔遞茶給他。

「你們真的想聽？」

「當然。」帽客點頭。

「那好吧，」木匠努力撐高上半身，泯了口茶潤嗓：「事情是這樣的。」

「愛麗絲，妳應該也知道，那是在牡蠣危險月時，我和老夥計捕到了不少小牡蠣，我至今還記得很清楚——那些小朋友們白白胖胖的，嚐起來肯定又嫩又鮮美，但海象卻趁我不注意把他們全吃了，當時我可氣得夠嗆！」

「然後你們就一追一逃？」

「是的，我追他逃，那時他還只比我高一些，我們越過高山、穿越縱谷、峭壁與叢林，餓了一起吃飯，累了一起打盹，我們幾乎踏遍了整個仙境。噢！現在想想，那是多美妙的時光啊。」

「仙境可沒有邊界。」帽客糾正。

「那只是比喻，但我想我們肯定踏遍了一半。」

愛麗絲問：「所以你們和好了嗎？」

「這可沒有，我們仍舊追追逃逃，說實話，那時我連當初為什麼生氣都忘了，像那樣縱橫可暢快著，咳咳……反正老夥計也樂在其中，我們誰也沒拆穿對方，海象理虧木匠追逐，我們沒必要和好。」

「那倒不賴，所以你是怎麼落到這般田地的？」

「我們到了紅心堡。」

「噢——我知道了，」三月兔露出憐憫的神情：「皇后肯定做了什麼。」

「不，她什麼都沒做。」

「怎麼回事？」愛麗絲狐疑道：「皇后怎麼可能沒害你們？她對外客從不友善。」
「她的確是害了我們。」
「她什麼都沒做，怎麼能害你們？」
木匠獰笑：「你們都不明白，有些人什麼都不做就能害人，他們活得可風光了；但和那些故意的人相比，哪邊更可惡呢？」他看了愛麗絲一眼：「我猜這只有神靈知道。」
愛麗絲撇嘴：「我想聽故事，而不是聽老蹶子瞎扯！」
「喔，我剛剛講到哪了？對對，那是在老夥計有我兩倍高的時候，我們忽然想起事情的起因，於是請皇后的法庭裁決——『公權力』！多美好的字眼，於是我們走上了法庭。」
「就因為一場食物糾紛？」
「那是自然，只不過當時的法官偷吃了皇后的派，被處刑了，我們等了很久新法官才上任，至於新法官嘛……當我們要求他判斷『偷吃牡蠣』適用於什麼法條，他卻說要先搞清楚什麼是牡蠣，嘿！要我說的話，帶殼的海產全都是牡蠣，蝦子是牡蠣、螃蟹也是牡蠣；然後當我們請他判清誰對誰錯，那可好笑了，他說往左走是錯的，往右走是對的，於是我們被士兵押著往右側走，妳知道法庭右邊是什麼建築嗎？沒錯！是監獄，我和老夥計就這樣進了牢房。」
「他們什麼都沒做，沒有處罰、沒有審問、沒有傳喚更沒有判決，我和老夥計就這樣在牢裡渡過一段很長的時間。」
「那還是沒有解釋你為什麼會變成這樣。」

「原因很簡單，老夥計待在牢房裡，吃著牢飯卻不運動——妳們該知道只吃不動的後果，他愈長愈大，四倍、八倍、十五倍，他的飢餓度也和體型呈正比，於是……妳們都看到了。」

「你就被你的朋友吞進了肚裡？」愛麗絲喝乾杯裡最後一口茶：「這故事真不有趣。」

「茶會結束，」帽客宣告，她再次把眼神轉向木匠：「所以，提示呢？」

「提示？什麼提示？」

「這裡是仙境，我們遇上的每件事都是路標，你一定知道怎麼出去！」三月兔說。

「我不知道，」木匠沉思：「在妳們來之前，我的確不知道，但現在妳們來了。」

「快說！」

「我可是木匠，我修過的船可多了，這船雖只剩一半，但我還是知道它的構造。」

「所以呢？」

「我建議妳們去馬廄看看。」

「馬廄？」愛麗絲氣道：「我不認為馬匹能帶我們離開這裡，更別說橫渡汪洋。」

帽客對木匠點頭，輕拍愛麗絲的腦袋。

「知道了啦。」愛麗絲用刻盤砸開船底，她們就這樣下到船艙。

上下顛倒的馬廄裡積滿灰塵，並不像有在使用的樣子。愛麗絲秉著火把往裡頭走，當焰光驅散最裡層的黑暗，她才輕叫一聲：「是你！」

「是我，」那生物回答，聲音像是低吼：「好久不見了，愛麗絲。」

那是一頭長著老鷹的頭與翅膀、身體是獅子的怪獸，牠四肢都生長著猛禽般的利爪。
這是頭獅鷲獸，或者說格里芬。
格里芬蹲踞著，牠與愛麗絲對望，龐大的身軀足足佔了三個隔間。
「好久不見，你怎麼會在這種地方？」
「妳希望我在這，所以我就在這。」格里芬用喙梳理羽毛，邊說：「我可以帶妳們離開，我一看就知道，妳手上的刀足以割破海象的胃……」
過了段時間，只聽一聲鷹鳴，格里芬衝破船板，鷹爪勾住船體斜面，使巨體能穩穩地站立。愛麗絲和帽客一前一後騎在牠背上，三月兔緊抱著一條後腿，睡鼠則掛在尾巴末端。
「木匠，不上來嗎？」三月兔蹭了蹭格里芬後腿上的絨毛：「還有另一條腿空著。」
「不了。」
「為什麼？」愛麗絲問。
「我早說過，我不想出去，」木匠爬到船體正中央，背靠縱樑，仰望上方的雙眼沒有焦點：「妳將剖開老夥計的肚子，而我只想多陪陪我的好友。」
「我們從最初就在一起了，我想多陪陪他。」
「我們曾為了一盤牡蠣追逐……」
木匠自語，但已不是在對愛麗絲說了。
格里芬振翅翱翔，愛麗絲揮動刻盤，在血肉之壁上劃拉出一道口子，接著砍斷層層血管、肌肉，劃破腹膜與皮膚，她們在血浴中重見天日。

愛麗絲在高空中回頭，看見海象掙扎著緩緩下沉，海水被染紅且帶著惡臭。

海象的慘嚎撕心裂肺，彷彿直接灌入腦海。

愛麗絲拉扯格里芬背上的絨毛，隨一聲長嘯，她們遠遠拋開海象，橫越海洋抵達彼方岩岸。

「髒死了。」她們決定泡到海裡，洗去一身血腥。愛麗絲上岸時，還是覺得全身黏答答的。

「等等，好像有什麼東西在漂過來。」三月兔看著不遠處說。

當東西被浪沖到岸上時，幾人上前察看，發現是一具空龜殼、還有一頂船長帽。

「噢不，」三月兔一臉傷感：「可憐的假烏龜！」

「她長眠了……」睡鼠說：「祝好夢。」

「讓我看看。」帽客踢開龜殼撿起船長帽，仔細地檢視縫線與質料，才哼了一聲。

愛麗絲很少看見她有情緒反應，那是輕蔑的眼神。

「垃圾。」帽客低喃，振臂一擲。

船長帽劃出漂亮的拋物線，噗通地掉到海裡，掀起水波盪漾……

玖章　勞琳娜

翌日清晨，父親搭著警察廳的馬車離開。愛麗絲心裡還沒有半點實感，她走下樓梯，眼前的卻是一座萬丈懸崖。踏出步伐，一腳夠到崖底，然後視野才恢復正常，腳下依然是平常的階梯。

當下樓變成跳崖，那對愛麗絲來說，跳崖就和下樓一般簡單。

愛麗絲忍住嘔吐的衝動。

就像樓梯本來就是懸崖一樣，時不時產生的幻覺始終沒給她帶來違和感，然而這才令她痛苦、且驚惶。

就像在被改寫著，書中的愛麗絲在改寫自己！

自己是愛麗絲，還是童話裡的愛麗絲？兩者還能被分辨嗎？

現在，當幻覺退去，她還是無法釋然。

沒有父親在的家裡，瀰漫著一種令人不安的氛圍，就像孤島。

對了！勞琳娜。愛麗絲受不了這種氛圍，這時她第一個想到勞琳娜，如果是那個堅強又成熟，彷彿溫柔化身的大姊的話，一定可以依賴。

下樓，愛麗絲發現她就在廚房裡，勞琳娜熟練地操作廚具，食材在那雙手下噴香。

「勞琳娜，妳這是在？」

「愛麗絲，妳醒啦？要不要先喝點茶？」

「妳怎麼會在這裡？」

「爸爸不知道什麼時候才會回來，」勞琳娜把食物——一些焗豆和炒蛋，還有一鍋濃湯端上桌：「原本的傭人都先解僱了，這時期得盡量節省開支。」

用完餐，愛麗絲擦擦嘴，問道：「妳不會不安嗎？爸爸他可是……」

「又不是回不來了，」勞琳娜微笑：「愛麗絲，不用太擔心爸爸，過度的擔心不會帶來任何好處，畢竟妳也改變不了什麼……要是爸爸回來了，他也不想見到一個髒兮兮的小淘氣。」

她說著，將愛麗絲的空茶杯收到一邊。

「我不是小孩了。」

「當然，妳不是小孩，」勞琳娜抿了口茶：「所以現在，我希望妳能去市場買點食材。」

愛麗絲走在熟悉的大路上，發現幾乎所有建築都布滿了同腰粗的爬牆虎，顏色鮮豔、比人還要高大的蘑菇隨機生長，路面扭曲變形，天空的質感變得如油畫般粗糙。

景色時而正常時而詭譎，一切都不再是以往的樣子。

馬車有野獸的皮膚，行人頂著動物的腦袋。

跌跌撞撞地走進市場，她不明白為何一隻豬能當肉舖的老闆，一團火焰可以販賣蔬菜，她只想盡快回到家，然後緊緊抱住勞琳娜。

太可怕了！

愛麗絲提著大包小包走返，快到家門前時，她看見一位穿黑色斗篷的人在門口徘徊，正想出聲，又見勞琳娜從屋裡走出，與那人聊上了話。

愛麗絲不想打擾，於是躲在一旁的轉角處窺視。

只見斗篷人和勞琳娜說了幾句話，又掏出一封信，很快地交到她手裡。勞琳娜的臉色愈加凝重，她看起來還想說話，斗篷人便快步離開，消失在茫茫人海中。

鬼鬼祟祟的，這天氣還穿斗篷？愛麗絲慢慢走出，道：「勞琳娜，剛剛那人是誰？」

「一位來自南國的朋友，英國的夏天對他而言太冷了，」勞琳娜挽起愛麗絲的手：「我想和妳談點事情，能陪我在家裡走走嗎？」

在家裡走走？她對家裡還不夠熟嗎？多奇怪的句子啊。

「好的……」愛麗絲有點不安，明明在勞琳娜的身邊，她從沒感到不安過。

「愛麗絲，過幾天我必須離開，」勞琳娜拉著她走過玄關：「爸爸是冤枉的，但是我們無法證明。這件事的癥結就發生在愛爾蘭，我得到當地走走，指不定能找到一些線索——為什麼爸爸會被懷疑，以及推翻罪狀的證據。」

「妳可以救爸爸？」

「當然，我保證。」

她們走到飯廳，走進廚房，勞琳娜從裝調味罐的箱子裡掏出一本小冊子：「這是之前的廚娘留下的食譜，我知道，妳的烹飪成績一向不錯。」

「那個，我……」

「愛麗絲，妳該做點家事了。」

倆人又走到後院，她開始教愛麗絲怎麼把衣服晾得整齊乾爽。

之後她們走遍家裡每個角落，如何打掃、拖地，如何整理庫房、澆花，勞琳娜把這些一一教給了她，整整花了一天的時間。

最後，她帶愛麗絲走進父親的書房。

「愛麗絲，爸爸的書房藏了一個小秘密，妳知道是什麼嗎？」

愛麗絲搖頭。

勞琳娜笑笑，在壁爐前蹲下，伸手往爐底一推，壁面發出「喀嚓」一聲，那裏有個暗格：

「爸爸的壞習慣，不管有沒有火，他老是往這添柴。」

「爸爸的心是冷的，當他需要溫暖，能幫他的只有爐火、朋友、家人，」勞琳娜翻開暗格，搬出一個木箱：「還有金錢。」

打開鎖扣，她拿出一摞鈔票，看上去至少有上千鎊。

愛麗絲平常接觸的面額大都只到便士，只曉得這是很多很多錢。

勞琳娜從裡面抽了三張放進口袋：「這是我的旅費。」

「這是這段時間的生活費，明天我會帶妳去採買一些東西。」她又從其中抽了三分之一給愛麗絲，剩下的則放回木箱。

愛麗絲接過錢，手有點顫抖：「爸爸會生氣的。」

「要是妳不能惹大人生氣，那就別想成為大人。」

「勞琳娜。」

「嗯？」

「我都不知道妳還有這樣的一面。」愛麗絲露出大大的笑容，她感覺自己好久沒有笑過了。

勞琳娜發了一會，便側頭道：「意外嗎？」

「是的。」

「是否感覺幻滅？」

「並沒有。」

「為什麼？我並不完美。」

「才不呢，」愛麗絲搖頭說：「我的大姊一直都是完美的。」

「……」勞琳娜盯著愛麗思片刻，隨即苦笑：「妳高估我了。」

「……」

「……」

「勞琳娜。」

「嗯？」

「妳今天為什麼要教我這些？」

「妳問為什麼，」她用食指按著嘴唇：「我是希望妳能幫伊迪絲做點家務，而且妳不是一直嚷著要變成熟嗎？」

「我以為成熟應該是更深奧的事。」

「成熟的深奧之處在於，它大多都需要妳自己摸索，」勞琳娜摸摸愛麗絲的頭：「我看見妳慢慢長大，妳將是個出色的淑女，但如果妳不會幫忙家事，那可能會有點扣分。」

「我不想扣分。」

「那就對了，現在來幫我準備晚餐。」愛麗絲跟著她走進廚房。

愛麗絲舉起菜刀，她不知道自己在切什麼食材，因為它的形狀一直在改變，菜刀看起來也像刻盤。

廚房裡的熱度使空氣扭曲，幻化出各種影像，這令愛麗絲有點暈眩，她揉揉眼睛，視野卻愈加模糊。

她拿起另一樣食材，同樣放在砧板上切割，在忽明忽暗的視野下，愛麗絲僅能依靠手感切菜。

耳邊傳來異調聲響，她幾乎聽不見其他聲音了。

愛麗絲，妳在做什麼？

聽得見嗎？

愛麗絲！

醒醒！

愛麗絲！！

勞琳娜的叫喊把愛麗絲的知覺拉回現實。

「勞琳娜？我怎麼了嗎？」

「關於爸爸的事……這打擊對妳來說還是太大了，難怪妳心不在焉，」她的眼神依然溫和：「抱歉，我不該讓妳切菜的。」

「什麼⁉」愛麗絲握著食材，它不該是毛茸茸、溫暖且黏膩的觸感。

愛麗絲眨眼，看見面前的砧板上躺著一隻溝鼠。牠吱吱慘叫、下半個身體都被切成絲狀，血淌了半張桌子，滴滴答答地流到地上。

「我、我怎麼了⁉」愛麗絲拋下菜刀，刃口甩出的鼠血淋了一地。

「我敢保證，是牠自己跑到妳刀下的。」勞琳娜柔聲說。

「我以為我在切蔬菜，回過神卻發現是一隻溝鼠！」愛麗絲尖叫，雙手在頭上亂撓：「我、我——」

勞琳娜一把抓起溝鼠和牠的碎肉，直接丟進垃圾桶。她的眼神愈來愈關切：「愛麗絲，冷靜一點。」

愛麗絲已經聽不進去了，伴隨強烈的頭痛，眼前又開始產生幻覺，意識也變成全白。

「愛麗絲！妳怎麼了？」勞琳娜俯身，兩指撐開愛麗絲的眼皮，底下的眼珠劇烈顫動。

「這是……？」

她見過這種情況，是在貧民窟的一位孩子身上，當時他正抱著母親的遺體。和那孩子一樣，愛麗絲被不安壓垮了。她想。

「唉，我可憐、可愛的小妹，」勞琳娜抱起昏迷的愛麗絲，幫她清潔身體又換了套睡衣，抱回房間的床上，讓她平躺著：「妳需要好好休息。」

勞琳娜為愛麗絲蓋上被單，輕柔地撫摸她的臉頰，才往回走。

她回到自己的房間，摸出今早收到的信封，坐下來詳細閱讀一番，便嘆了口長氣。

「愛麗絲，爸爸一定會得救的。」勞琳娜喃喃自語，從抽屜裡拿出一盒火柴，點燃信紙並把它拋到窗外。

「妳一定會沒事的。」

信紙一邊飛舞一邊化作灰燼飄散，在落地之前就燃燒殆盡。

之後一直到後天清晨，愛麗絲都是處於半夢半醒的狀態，無法清醒也無法安睡的情形帶給她極大的痛苦，她感覺既被現實拋棄、又被仙境拒之門外，世間再無安身之所。

然後愛麗絲醒了，因為她聽見勞琳娜的聲音。

拖著近兩天不吃不喝的身體，愛麗絲連滾帶爬地奔到玄關，發現勞琳娜提著一個大行李箱，正準備離開。

她站定腳步，清晨的空氣，還有滿布屋裡的陰暗角落，所有事物都顯得虛幻。

「愛麗絲？」對方一怔，道：「妳沒事真是太好了。」
「我要去愛爾蘭一陣子，要好好看家喔。」
「妳二姊不太擅長家務，但我已經教過妳很多，妳一定可以的。」
「別給自己太大的壓力，一切都會好起來，道奇森叔叔也在支應我們。」
「沒問題的，」
「肯定沒問題的……」
愛麗絲聽著她所說的一字一句，很想答點什麼，喉嚨卻乾渴得就像火燒。
「勞……琳娜……」
愛麗絲用盡全力發聲，卻把眼淚也擠了出來。
「連妳……」
「連妳也要……拋下我嗎？」
對方不說話了。
空氣像被凍結。愛麗絲的胸口劇烈起伏，她語無倫次：「我不是孩子了！但如果妳離開……妳知道嗎？我有時會看不見正常的東西……現實、還有仙境，它們不再接納我，還有爸爸的事……我、我該怎麼辦？我已經受不……該怎麼結束這一切？」
勞琳娜張臂抱住了愛麗絲。
緊緊抱住。

「不要害怕！」

「不要害怕，」她用慈愛的語氣，緩緩說道：「愛麗絲，我最愛的妹妹，我不知道妳正面對著什麼，但妳要知道誰也不會拋棄妳，我是、爸爸也是；我只是外出一段時間，而在這段時間裡，妳一定會變得堅強，到時我會說『愛麗絲，妳長大了』。我知道妳有多堅韌，妳一定能跨越任何困難。」

「當妳需要勇氣，別忘記我說過的話。」

勞琳娜柔軟的胸脯，她衣服上的香味，都促使愛麗絲回擁。

「勞琳娜、勞琳娜……」愛麗絲泣不成聲。

「我還有事得去做。」她鬆開臂膀，親吻愛麗絲的額頭。

她提起行李，又要往外走。

「等等！」愛麗絲衝上前，絆到了腳，撞上勞琳娜的手提箱。

手提箱掉在地上，正好撞擊到扣鎖的部分，扣鎖鬆脫，箱裡的東西掉了滿地，發出堅硬金屬的碰撞聲。

「對……不起。」愛麗絲揉著腦袋爬起，正打算幫忙收拾，卻發現了幾樣東西。

除了盥洗衣物與一些生活用品，那是——

鎗！

不只一把，聽說在美國很流行，被喚作轉輪手鎗的武器從勞琳娜的行李中掉出，另外還有袋裝子彈和幾柄匕首。

愛麗絲瞪大眼睛：「這些是？」

「女孩子出門在外，總需要武器防身。」她把東西重新收回箱裡。

「真的嗎？」

「當然是真的。」勞琳娜笑道。不同以往，那個笑容彷如焰火燃燒，燦爛的弧度深深印於愛麗絲腦海。

然後在門開的剎那，陽光入射，勞琳娜逆光的身影與瘋帽客完全重疊。

愛麗絲看得呆了。

「再見。」她這麼說著，離開了家裡。

拾章　仙境 5

愛麗絲與帽客一行正站在懸崖邊上，對面是另一座懸崖，兩座懸崖間僅用一條鋼索連接。令人懷念的仙境已經不在了，現在這裡只剩險惡的地貌，鋼鐵、錫箔，煤煙以及臭水。如果說眼睛看到的才是現實，那仙境與倫敦，哪邊才是虛幻？愛麗絲想，然而兩邊都使她痛苦。

「經過這裡就能和白女王會合了。」帽客道。

「那真好，」愛麗絲皺眉，用腳踹著鋼索，震動一直傳到對面：「只希望這條索夠穩固，不然我們會直直墜落。」

格里芬昂首：「其實我可以直接帶妳們飛過去。」

「那可不行。」愛麗絲說。

「為什麼？」三月兔叫道：「現在我們可有一個會飛的夥伴！」

「我想起來了，毛毛蟲……蝴蝶她曾說過——『讓明知不會摔死的人走鋼索，毫無意義』，也就是說要我們這些會摔死的人走鋼索，才有意義。」

「我們要意義做什麼？」三月兔問。

「我也不知道，」愛麗絲攤手：「但那應該是很重要的東西。」

三月兔聞言，即便一蹦一跳地前進；愛麗絲發現手上的刻盤很影響平衡，於是把它揹到背上才邁出步伐；帽客則用手杖勾住鋼索一路滑過去；睡鼠最輕鬆，對她袖珍的體型來說，粗鋼索的寬度等同小路。

但這可苦了格里芬，牠龐大的身軀僅靠一段繩索支撐，每走一步都搖搖晃晃，差點搖落前面的人。

格里芬道：「女士優先。」就退回原地。

愛麗絲感受著從腳下吹上來的冷風，死命不往下看，專心向前邁進。

「前面怎麼樣？」愛麗絲見帽客三人組到了對面，便問：「看得到女王軍嗎？」

「什麼都沒有！」三月兔的聲音傳回。

「除了另一座懸崖。」帽客回道，還伴有睡鼠的呼嚕聲。

「誒!?」愛麗絲被嚇了一跳，連忙趕到對面確認：「真的，怎麼會？」

好不容易過了一道鋼索，對面又是另一道鋼索。

仙境在戲弄自己！愛麗絲的惱怒很快壓下恐懼，這次她比茶會組更快抵達彼面。

然而入目所見，又是另一座懸崖與鋼索。

「不該是這樣的。」

愛麗絲繼續向前，走過一道又一道鋼索，她不知道自己走了多遠，卻總沒看到盡頭。

「這是個循環！」愛麗絲在第十二個崖頂上跺腳：「我們會在這裡耗掉一輩子。」

「沒人能走一輩子鋼索。」

「那帽客，妳說，我們現在該怎麼辦？」

帽客側頭看她，沒有說話，只從帽子裡拿出全套茶具茶葉，與三月兔席地而坐。還把睡鼠放進另一個茶壺裡，她們輕輕哼唱著不知名的曲調，使其能安睡。

「真是夠了，」愛麗絲雙手環抱胸前：「妳們知道嗎？我才不想喝茶。」

她再次跺腳，隻身往下一道鋼索走去。

這時有個紫色身影逐漸浮現，那身影立於愛麗絲身後，發出細小的嗤笑，伸爪輕輕往她背後一推。

愛麗絲頓覺腳下一輕，風從耳邊呼嘯而過，直面崖底，她只看見一片濃霧籠罩的黑暗。

天啊，這有底嗎？愛麗絲想。

如果沒底，自己就得忍受無止境的墜落過程；如果有底，眼下肯定會摔成一灘肉泥。

當心臟幾乎停跳，愛麗絲又感受到另一股力量在把自身往上托，當下只覺毛絨絨的，驚魂甫定的她直到被帶回上一個崖頂時，才搞清楚整件事情。

「柴．郡．貓！」愛麗絲對格里芬道謝，轉而瞪著眼前的紫色大貓：「妳最好給我一個解釋。」

「愛麗絲……」柴郡貓不斷使身體的一部分消失又出現，以躲避帽客的手杖連擊：「我只是推了妳一把。」

「是的，妳是推了我一把，那差點害我摔死！」

「但也可能讓妳更進一步……喵！」柴郡貓的前腿被手杖底尖擦中，她舔拭著傷口：「蝴蝶是智者，但沒人說過智者一定得深思熟慮。」

「妳是說，蝴蝶騙了我？」

「我的意思是，她只是講了一個事實。何不讓格里芬載妳去對面試試？」

格里芬點頭，俯身讓愛麗絲等人上到牠的背，展翅飛越下一座崖頂。

愛麗絲看見一大片原野，就像書中描述的黃昏大草原，只不過沒有草，取而代之的是滿目錫箔與歪曲破碎的大地。

格里芬降落在某個緩丘上，愛麗絲第一個下來，她道：「原來我們可以直接飛過來，仙境到底想表達什麼？」

柴郡貓的身影再度浮現，她的笑容依然險惡：「『祂什麼都沒想告訴妳』這就是祂想告訴妳的。」

「如果妳想炫耀妳那些……繞圈的東西，請到別處去！」三月兔叫道。

「總有人自以為悟出了什麼。擅自誤解、擅自怪罪，大家應該放聰明一點，世人眼中的智者往往什麼都沒想，」柴郡貓的頭在愛麗絲面前顯現：「如果有飛的機會，那犯險就不是必要的，妳認為蝴蝶告訴妳的是『一定得走鋼索』，但實際上呢？」

「她什麼都沒想？」

「那也不一定，她想表達的也許是『若不求取，即是承認剝削』；如果妳不要求格里芬載妳，下場就會是墜落。」

「我記得，道奇森叔叔也說過一樣的話。」

「這就是仙境啊，愛麗絲，」柴郡貓揮揮爪子：「當然，蝴蝶也可能真的什麼都沒想……喵！」

柴郡貓被帽客一手杖敲中側腹，她痛得蹲在地上，臉上卻依舊帶著笑容。

「記得愛護動物，」柴郡貓的身體又漸漸消散，她咧開的嘴還懸在空中：「我主人還要告訴妳一件事——空洞巨龍正要與女王軍交戰。」

柴郡貓說完便完全消失，她離開此地。

空洞巨龍與女王軍……交戰？

女王軍完蛋了。愛麗絲見遠方似有煙硝飄揚，便道：「好吧，我們得去看看情況。」

翻過最近的山脊，廣大的戰場映入眼簾。

兵刃融化後的模樣如大地長了疙瘩，空氣中飄散熾熱的氣息，屍灰與鋼鐵、煤炭在火中黏連成一塊，再也拆分不開。

帽客把帽簷抬高了一點點，她看見了那個令人顫慄的身影——不是黑色，也不是白色，彷彿由無數破洞聚合起來的形體，那是超越人智的混亂色彩，光從遠處看就讓人心生恐慌。

士兵被其目光蒸發。

大地被其吐息燃盡。

怪物的狂吼中夾雜尖叫與人言，隨意甩尾，就有成排的攻城器械倒塌。翅膀搧動、雙爪亂揮，周圍的物體懸空後便不再落下，而是在原處緩緩化為粉塵。

「真不敢相信，」煉獄般的畫面使愛麗絲的心情跌至谷底：「我居然打敗過這野獸……」

Jabberwocky——空洞巨龍，或稱炸脖龍、或稱天魔，早該死了的傢伙卻在眼前活蹦亂跳，愛麗絲恨死了這個事實。

「巨龍的復仇」，那無疑是**災難**。在愛麗絲焦躁的同時，女王軍已然覆滅，空洞巨龍吐出一口覆蓋整座戰場的熾焰，又發出如嘲笑似地噪音，轉動長脖子往愛麗絲一行的方向凝視。

極度歡喜亦或滿懷惡意？愛麗絲判讀不出對方的情緒，只有彷彿陷入泥沼的滯窒感。

愛麗絲看著巨龍振翅而去，她的瀏海被熱浪波及，變得蜷曲且略泛焦色，卻無暇在意：「我們下去看看。」

若白女王還有一口氣，也許能多知道些細節。愛麗絲想。

她們下山後逕直朝白女王的方向走去，熾熱燒融的大地上，橫躺著無數士兵的軀體，曾經純白的他們均被燒成黑色——木炭色，僅僅碰一下就崩成一堆碎末。

女王也是同樣，她引以為豪的潔白美麗，已被灼燒得連輪廓都分辨不出來。

「真是悲慘的對比。」

「愛麗絲……？」女王躺在地上，聲音細不可聞：「妳看見我勇猛的士兵了嗎？」

愛麗絲搖頭，她只看到滿地黑炭。

「妳看到我國的攻城槌了嗎？有了那個，皇后的城牆肯定不在話下……」

「但女王，這裡什麼都……」

「妳看見我了嗎！我的王袍、我的配劍，它們都這麼華美。我國士兵會摧毀一切阻礙，我國器械能搗毀任何防守，我們還有最美的故土，但愛麗絲，為什麼我眼前會是黑的？我們的白色呢？我怎麼感受不到手腳了？昨夜的睡眠把它們壓麻了嗎？」

「女王，那是……」

「我都知道，妳不用說了，我的敵人就在眼前，」白女王瘋狂大叫，扭動軀體：「軍團！軍團！第一、第三列隊！攻擊他們！夾擊他們！皇座就要垮了！這將是我們的勝利！！我們的、我們的！」

「我們的……」

「我……們。」

她吼叫到近乎窒息，聲音低落下來，轉為平靜：「愛麗絲、愛麗絲，老實告訴我，戰爭怎麼樣了？」

愛麗絲語噎。

「我們，白王國……勝利了嗎？」

「那……」

「勝利了嗎？」

「妳，」愛麗絲輕觸女王的身體，被碰到的部分卻成了粉末：「當然，我是說……是的，白王國贏了。」

「那真是太好了、太好了……」

「從今以後又是白王國的時代，」女王欣喜而急切地說：「愛麗絲，妳可以當宰相，妳的朋友們可以當大臣……『茶國會』，這將是個好制度。但如果她們都只喝茶卻不做事……那妳說該怎麼辦？」

「我不知道。」

「『我不知道』，每個小孩子都這麼說，總以為能虛應故事，」白女王的聲音愈來愈微弱：「但我原諒妳，畢竟今天可是……」

「今天可是白王國的……

勝利啊。

黑白永遠是……

最美的……對比。

永遠……

永遠……

永……

遠。」

「這是最光明的時代。」白女王最終沉默，她的身軀一點點地化為 粉，愛麗絲嘗試抓住它們，卻輕易地從指間流瀉。

空氣中瀰漫煙硝味、燒焦味，還有一整個軍團與一位女王的粉末。

「帽客，我問妳，」愛麗絲跪坐在地上，風把她的頭髮吹向一邊：「女王、和她的子民們，能回到故國嗎？」

「能的。」

帽客道：「但被敵人佔領的國，還是故國嗎？」

……

……

愛麗絲做了幾個深呼吸，好整理心情。

現在援兵沒了，皇后勢力依然強大，空洞巨龍看起來又不打算放過自己。

情況不能更糟了！愛麗絲想。

「如果心情不好，最好的抒發管道就是喝茶、還有唱歌！」三月兔搖擺著腰部：「愛麗絲，何不跟著我們唱一首？」

「唱歌不能改變任何事情，我也沒有心情陪妳們，況且我才剛欺騙了一位女王，」愛麗絲道：「天啊，我說她勝利了，但實際上……我只希望她在死前能好過一點，這樣是對的嗎？」

「妳一定是對的，」帽客說：「不要勉強，但如果妳想當個淑女，那我願意當個紳士。」一邊伸出手。

「紳士？妳可是個女的。」愛麗絲皺眉，卻發現帽客的模樣竟和大姊重合，於是下意識地搭上她的手。

愛麗絲想起仙境意志在白王國告訴她的話。

仙境意志存在於每位仙境住民身上，大家都代表著仙境和現實的某一部分。

瘋帽客代表著大姊嗎？

愛麗絲不敢確定，就如柴俊貓所說，很多事情都只是擅自解讀而已。

她的腦子愈來愈亂，這時耳邊傳來帽客的歌聲、清柔細膩的歌聲。

——屠龍者拿著屠龍刀。

——她在怕什麼呢？

三月兔和睡鼠也加入進來。

——怕一條龍！

——怕一位皇后。

——無所畏懼的屠龍者在怕什麼？

——怕一疊紙牌！

——怕幼稚。

——怕成熟？

——屠龍者，妳在怕什麼呢？

愛麗絲聽著，有些迷醉，不自覺地跟著唱和。

——我怕極了！

——仙境與現實都在改變，有人死了，有人離開了。

——仙境是現實——

——亦或現實是仙境？

——兩者都是現實。

——兩者都是仙境！

——妳屠過龍，還怕龍？
——妳屠過龍，還怕皇后？那太可笑了！
——可不是嗎？

——但我仍然害怕！
——爸爸會回不來。
——勞琳娜會回不來。
——我會在仙境毀滅。
——或在現實毀滅！

此時另一個聲音加入其中，那是如演講者般的低音。

——時間不多了，妳們應該商量下一步該怎麼做。
——而不是在這唱歌。
——如果妳們堅持要唱——
——那我會帶著建議離去。

「誰!?」愛麗絲嚇了一跳，朝音源看去，她察覺近處的緩丘頂多了道身影，來人有著藍色的纖細腰身與兩對絢麗翅膀：「蝴……我是說毛毛蟲，妳怎麼在這？」

「我為什麼不能在這？」蝴蝶抽了口菸，愛麗絲發現她又換回了水煙筒：「而且妳說錯了，我是蝴蝶，而不是毛毛蟲。」

「妳本來就是蝴蝶，我記得妳摔死了。」

「蝴蝶會摔死？」對方居高臨下，口氣微惱：「別開玩笑了，愛麗絲。」

「我沒在跟妳開玩笑。」

「我也沒時間跟妳開玩笑，」蝴蝶連吐三個菸圈，轉頭看向茶會組：「時間永遠都不夠，即使受到靜止的詛咒。」

睡鼠道：「聽說妳帶來了建議？」

「只有一個建議——引導是自由人的責任，既然妳們碰上了難題，那……」

三月兔叫道：「妳會告訴我們如何解決難題!?」

「或給予更多難題。」

「不——」

繼三月兔的呻吟，蝴蝶把目光轉向愛麗絲：「愛麗絲，我想要妳過來我面前。」

愛麗絲點頭，爬上緩丘，與蝴蝶面對面：「有什麼事嗎？」

「妳的刀。」

「妳說刻盤?它怎麼了?」

「我只想問一句,」蝴蝶咕嚕嚕地抽著水煙筒:「如果它真的那麼堅不可摧、完全不受外物影響,那麼……」

愛麗絲見蝴蝶盯著刻盤刀身若有所思,疑道:「它的確是我所知最堅固的事物了。」

「要是刻盤——承載時間之物真的一塵不染,」蝴蝶把臉貼得非常近:「那上面的血跡又是誰的?」

血跡?愛麗絲才轉過思緒,正想繼續發問,又聽蝴蝶說道:「我只能說到這裡,時間不夠了。」

蝴蝶把菸瓶揹在背上,緩緩拍動翅膀,她的身體逐漸上升。

「等等!」

「等不了!」蝴蝶又深吸一大口菸,猛地吐出,如狂風颳到愛麗絲跟前。

愛麗絲滾下緩丘,頭撞到凸起的岩石,於是失去意識。

拾壹章　矛盾

父親離開了，勞琳娜也離開了。

愛麗絲一想到現實就喪氣，她試圖打起精神。

「親愛的黛娜，」愛麗絲坐在床上梳理黛娜的皮毛：「妳倒說說，我該怎麼辦？噢，妳只是隻貓，怎麼能回答我呢？」

「愛麗絲，我愛妳。」黛娜說道，那是貓不可能做出的笑臉。

「當然，我也是，」愛麗絲搖搖頭：「我曾想過，如果妳能說話就好了，但還是算了，畢竟……妳知道的，一隻貓會說話，那實在很詭異。」

「……我愛妳。」

「我愛妳。」

貓繼續說著，愛麗絲知道這不是黛娜真的在說話，而是仙境的耳語。

愛麗絲閉上眼睛，數秒後再睜開，一切恢復正常。

自勞琳娜走後已過了數天，不知是不是她的話奏效了，愛麗絲的幻覺症狀並沒繼續加重。

但仙境的入侵還沒停止，愛麗絲知道祂只是換了種方式。

——牆角的陰影裡、樹下的光斑中、草叢裡、鳥鳴、貓叫，仙境正向自己訴說著什麼。即使是這個當下，在棉被與床墊的縫隙中、書桌底下的陰暗處，祂也在窺視著、私語著，愛麗絲都能感覺到。

仙境想表達什麼，但除了像祂剛才藉黛娜口中說出的、一句「我愛妳」之外，其他都是不著邊際又模糊的的碎語。

「我愛妳、我愛妳」耳邊微微響起的聲音，時常搞得她心煩意亂。

仙境愛著自己？愛麗絲嗤之以鼻，如果祂真的有愛，那自己就不會痛苦至此。

「叩叩叩叩叩」敲門聲打斷她的思緒。愛麗絲前去應門。

「來了──」

她踮著腳尖從門鏡往外看，卻直接對上另一個瞳孔，不禁叫出聲來：「呀！」

「是、是愛麗絲嗎？」門外傳來柔和的男聲。

「……」愛麗絲猶豫片刻，才把家門打開。

「打擾了，」道奇森叔叔優雅地走進屋裡，他道：「是亨利請我過來的。」

「是爸爸？」愛麗絲問：「他請你來做什麼？」

「他希望我看著妳們，至少要保證妳們生活無憂，那、那個……伊迪絲在嗎？」

「伊迪絲？你找她做什麼？」

「這也是我來的原因之一，我想和她談點話。」

「是嗎？」愛麗絲愣了半响，便領他往伊迪絲的房間走。

寫出怪書的叔叔要找愛書的怪姊姊。沒比這更合適的理由了。愛麗絲想，他們簡直是天生一對，尤其是讓自己腦袋發痛這方面。

愛麗絲直接打開二姊的房間，卻發現裡面的景象有點不對勁。

首先是那直堆到天花板、佔據整個房間的大量書籍，已被整齊地捆扎成數十疊，走近一看，書架上只剩一些有收藏價值的精裝本與簽名本，和封裝的手稿一起被慎重地保存起來。

怎麼回事？愛麗絲左看右看，這時伊迪絲由書堆中走出。

「卡羅叔叔，我沒想到您會這麼早到。」伊迪絲拍拍衣襬，露出略為困窘的表情，她還穿著睡衣呢。

「路易斯．卡羅是我的筆名，如、如果可以，我更希望妳能叫我道奇森。」

「您可是本世紀最偉大的作家，對我來說，您的筆名遠比本名重要。」

「這可不對，都是『本』名了，怎麼會沒筆名重要呢？算了……不、不是我要說，妳現在的樣子可有點不雅。」

伊迪絲把睡帽丟在一邊，笑道：「如果您能晚到一些──就像約定的時間那樣，我就能穿上華美的禮服，化上最高級的妝容來迎接。」

她把書推到周邊，空出一塊空間，那裡有一張桌子和幾張矮凳，道奇森叔叔把手杖靠放在椅邊，便跟著坐下。

愛麗絲想起勞琳娜的教誨，有客人來時就該奉茶款待，於是走到廚房。

她學瘋帽客的手法沖茶，過了段時間，她端著茶具回到伊迪絲的房間。看見渡渡鳥與蝴蝶對坐著，愛麗絲想蝴蝶應該是伊迪絲，她眨眨眼，一切恢復正常，隨即拿起茶壺注滿二人的茶杯。

「妳什麼時候學會勞琳娜的泡法了？」伊迪絲泯了口茶：「雖還是沒她的好喝。」

「的確很像勞琳娜泡的，」道奇森叔叔說：「如果連泡茶的天賦也會遺傳……妳知道，亨利也泡得一手好茶，這肯定是足以撼動學會的大發現！」

愛麗絲笑了出來，道奇森叔叔有他獨特的幽默感。

伊迪絲又道：「愛麗絲，如果妳覺得無聊，妳可以讀書，這會讓妳更像大人。」

愛麗絲接過她給的書本，她不討厭讀書，但她更想知道伊迪絲與叔叔談話的內容，於是坐在旁邊床上，邊翻書邊偷聽他們對話。

「妳真的決定賣掉這些書？」道奇森叔叔問。

「我才想問，您真的決定買下它們？」伊迪絲道：「您出的價錢明顯太高了點，這裡有幾千本書，但您出的價可以買上萬本。」

「這些是妳長久以來的收藏，而且妳是亨利的女兒，」他說：「妳們正處於危難，多出來的份就當作我的心意。」

「心意？書的價格可不能用『心意』衡量，一本書的價值就是那樣，不多也不少，而且只要您出價的一半，就足以讓我們維持生計了。」

「我以為妳愛書。」

「我愛書，但我更愛知識，知識無價，書的價值卻不能含糊。」

伊迪絲的語氣變得強硬：「我以為大作家應該懂這個道理。」

「妳有一張利嘴，」道奇森叔叔沉思：「如果多出來的當作聘、聘金呢？」

「這是什麼意思？」

「伊迪絲，這房間裡幾千本書，其內容妳還記得多少？」

「全部。」

「全部!?」

「一頁不漏，一字不差。」

「我知道妳有不凡的才智，」道奇森叔叔倒抽一口氣：「但這還是遠超我的想、想像！」

「所以呢？」

「妳知道的，我正在寫新作，妳淵博的知識能派上很大用場，」他口氣認真：「妳、妳能當我的助手嗎？每天六個小時，每小時兩先令加四十便士，我想這是合理的價錢。」

「這意思是，您寫作時我能在旁觀看，並為您提供知識？」

「是這樣沒錯。」

「成交！」

「這樣就成交了？」他呵呵笑：「我以為妳會更謹慎些，或討價還價。」

「您的作品就是人格的最佳保證！然後這些書……」

「喔，我的人已、已經在外面等了。」道奇森叔叔偕同伊迪絲走出房門，愛麗絲放下書本跟上。

「但願妳不會在意他們進房，」只見道奇森叔叔在門口拍拍手，便有幾位壯漢走進伊迪絲房間搬書，他們用手推車把巨量書籍一疊疊運出，並搬上停放在外頭的驢車。

「之後這些書會送到我家，然後我也得先回去安排空間。」他抬帽行禮，便乘上另一輛馬車離開。

「明天見——」他的聲音遠遠地傳來，伊迪絲也揮手道別。

「明天？」愛麗絲戳了戳她的肩，遲疑道：「叔叔明天也會來？」

「他每天都會來！」伊迪絲睜大眼睛，嘴角扭曲成狂喜的弧線：「他會陪著我，在爸爸的書房寫書……天啊！我還不敢相信我成了他的助手。」她一跳一跳地回到房間，伊迪絲纖瘦輕盈的身軀看在愛麗絲眼裡，愈來愈像一隻蝴蝶。

愛麗絲下意識地跟著二姊進房，這房間一下空曠了好多，但二姊顯然不在意這種變化：「愛麗絲，關於聘金的事妳怎麼看？」

「錢的事我不太懂，但新書的消息讓我作噁。」

「怎麼會呢？那將是傑作的問世，」對方的臉瞬間垮下，右眼單片鏡映出險惡的光澤：「今天是個好日子，我不想跟妳計較。」

「但那是一回事，」她從書架上拿下一本辭典，直接往愛麗絲頭頂砸下：「妳以為我沒發現？我和叔叔講話時妳鐵定在偷聽！要知道，專心是對書最基本的尊重——如果妳連尊重一本書都不懂，又怎能學會尊重他人呢？」

「我……」愛麗絲疼得抱頭蹲地：「我倒希望妳能多尊重我一點。」

「那妳就要多付出一點。」

「付出？」

「是的，付——出，」伊迪絲又向前踏出一步，食指頂著愛麗絲鼻尖：「妳以為我不知道爸爸的私房錢在哪？我告訴妳，那筆錢不到萬不得已可不能亂用，所以我賺錢，妳做家事，沒有比這更合理的分配了。」

「家事？我不認為我能包辦所有事情。」

「那些勞琳娜都教給妳了，如果妳說妳辦不到，那就等於不相信她，是這樣嗎？」

「當然！我信任她，」愛麗絲語氣一頓：「但我還是覺得妳在強詞奪理。」

「這就是大人啊，愛麗絲。」

「妳只比我大一歲，」她眼中的伊迪絲又幻化成蝴蝶的模樣，愛麗絲漸漸難以控制情緒：「我早就這樣覺得了，妳知識廣博，老是裝得一副成熟樣，妳給我的感覺就像討厭的大人！」

伊迪絲、蝴蝶依舊擺出淡然的態度，她呼出一口菸氣，愛麗絲知道這不是真的菸，卻仍被嗆得眼冒金星。

「然後呢？」

「妳……」愛麗絲的氣勢弱了幾分：「我真的不喜歡妳這樣子。」

「那真是奇怪了。」

「怎麼？」

「妳剛才說了什麼？」對方語帶譏笑：「妳說『討厭的大人』？」

她再前進幾步，與愛麗絲臉貼著臉：「我可愛的小妹，我以前為什麼沒發現呢？妳總是帶給人驚奇。」

「什麼意思？」愛麗絲後退幾步，對方的形象不斷於伊迪絲和蝴蝶之間變換。

「若把書定義為『予人樂趣的東西』，妳肯定是一本好書，美麗、混亂、出其不意，最重要的是『矛盾』。」

她一步步逼進，愛麗絲一步步退卻，直到撞上身後的妝台：「我根本聽不懂妳在講什麼。」

「這真是最奇怪的事情了，愛麗絲，我對妳愈來愈有興趣了，」伊迪絲的笑聲與蝴蝶的聲音混在一起，那是不屬於人類的音質：「太弔詭了、太有趣了——」

妳輕蔑過去，又嚮往未來。

妳踐踏幼稚，卻厭惡大人——

那當妳成熟了，難道不會討厭自己嗎？

「要是我能早點發現就好了……」伊迪絲咯咯笑著，最後她的聲音變得像是由遠方傳來的、仙境的聲響。

「我愛妳」這三字在愛麗絲腦中衝撞回盪，她頭也不回地奔出伊迪絲的房門。

拾貳章　仙境6

愛麗絲頭也不回地奔逃著。

「那個」正追趕著她。

自身後趕上的巨影，逐漸逼近的、隆隆的腳步聲於耳邊迴響，近似人言的咆哮颳起狂風，更可怕的是，那咆哮彷彿兩個聲音重疊在一起，有種立體的壓迫感。

那是一位巨人，還穿著吊帶褲與橫紋襯衫。

愛麗絲根本不知道自己為何會被這種東西追趕，她從沒觸怒過巨人，如果有，她一定會記得，這體驗可刺激了。

怎麼會這樣呢？愛麗絲緊握刻盤，回想起事情的經過。

騎著格里芬飛越承軸樹林，她們發現下方山丘上有棟房子，旁邊還有棵漂亮的桑樹與小池塘，一點皇后政策肆虐的痕跡都沒有。但當愛麗絲上前敲門，出來迎接的卻是二十呎高的巨人。

愛麗絲試著與巨人溝通，她努力稱讚巨人的房子有多棒，儘管對巨人來說，這房子看起來實在太小了。

可對方並沒做出什麼像樣的回應，只嘟囔著支離破碎的字詞。

愛麗絲又察覺巨人的穿著很像叮噹姊妹……那對可憐的雙胞胎，她們肯定被吃掉了，衣服還被這巨人穿走。她猜想。

「巨人先生……或小姊？您可知道叮噹姊妹到哪去了？」面對兩層樓高的龐然大物，愛麗絲不得不禮貌點：「或給我一點提示。」

「叮噹？姊妹？提示？」

巨人歪著脖子，臉色疑惑中帶著掙扎。

「我是叮噹。」

「還是姊妹？」

對方低聲呢喃：「妳是誰？誰是我？」

巨人反覆叨唸，態度愈來愈狂躁，愛麗絲開始感到不妙，於是準備搭上格里芬離去。

不料巨人卻先一步衝上去拍暈格里芬，爆吼，並開始對愛麗絲一行展開追逐。

就這麼追追逃逃到現在，愛麗絲不知自己跑了多久，她往前看，三月兔永遠是跑在最前面的，往後看，帽客正投擲著帽子和睡鼠以牽制巨人。

她又見三月兔忽然停下腳步，原來前面是條死路。

愛麗絲咬牙回頭，看見帽客用手杖刺穿巨人的腳踝，卻被一掌拍飛，於是她掄起刻盤，右腳重重前踏，趁對方蹲下時旋身砍擊。

刻盤直接砸碎了巨人的大腿骨，那股反衝力道令愛麗絲的身體又逆轉一圈，她藉勢再砍往對手的身體。

巨人試圖用手格擋，刀身卻由指縫間溜過，愛麗絲被那手指勾飛，刻盤脫手，仍飛旋著劃向對方腹部。

「唰」

巨人連慘叫都不及發出，便被刻盤撕裂腹膜並擊碎內臟，嘩啦啦地吐出一片血池肉末。

然後就一動也不動了。

幾乎被砍成上下兩段的巨人還保持單膝跪姿，上半身卻向後凹折，斷面翻出血淋淋的內裏。

愛麗絲爬起後走近查看，那切口很難說是用「切」的，更像是被重物撕毀。

她拔起刻盤，輕輕一甩便甩去所有血漬，除了最開始的那一道。

它簡直無堅不摧！愛麗絲看著巨人屍體，她從未見過誰能把上半身倒懸在屁股後面。

接下來，更不可思議的事發生了——

就如俄羅斯套娃般，一位女性從巨人的腹腔裡跳出，她輕輕落地，對愛麗絲打招呼：「妳好！」

愛麗絲還懵著，又見巨人的屍體忽然化為液體，重塑成另一名一模一樣的女性：「妳好！」

愛麗絲看著兩位完全相同的人，她們都穿著吊帶褲與橫紋襯衫，衣領上一個繡著「姊」、另一個繡著「妹」。

她完全不知如何反應。

「『妳應該要回答『妳們好』。』」

叮噹姊妹說。

愛麗絲困惑極了。

她完全搞不懂事情是怎麼發展的。

此時，她與茶會組圍坐在叮噹姊妹家的圓桌邊，帽客她們強烈要求喝茶，但架上只有酒，這對雙胞胎有很嚴重的酗酒傾向。

叮噹妹在每個人面前都放了玻璃杯，盛滿黃澄澄的酒液與圓冰。

愛麗絲聞了一下，有厚重的橡木香氣，她想起當時在假烏龜船上嘗到的滋味，於是把杯緣靠到唇邊。

「不行，」帽客槍過她的杯子，一口飲盡：「我們知道妳酒醉後是什麼樣子。」

「我會打嗝嗎？」

「妳會打架！」三月兔叫。

叮噹姊愣了一下，見帽客仍面不改色，方讚嘆道：「妳能喝的！」

「再喝一點。」

叮噹姊還想給帽客斟酒，帽客推辭，並說：「我不知道妳們能合在一起。」

「我們可是雙胞胎！」叮噹妹說：「如果妳讀過醫學，妳會知道我們是從同個卵子生出來的。」

「既然一個卵子能分成兩個人，」叮噹姊說。

「『那兩個人可也能合成一個巨人，這就叫邏輯。』」她們同時說。

愛麗絲厭倦了在仙境裡爭論邏輯問題，她道：「但妳們以前不會這樣。」

「妳知道的，最近仙境情勢頗亂。」

「皇后掌握著仙境意志，她在做一場大改革！」

「仙境意志存在於每個住民身上，祂的混亂等於我們的混亂。」

「於是我們開始分不清彼此了，我真的是叮噹姊嗎？」

「我真的是叮噹妹嗎？」

她們互相拉扯對方的衣領：「『我們甚至無法確定有沒有穿錯衣服。』」

「我可能是我自己，但也可能是領口上繡著『姊』的叮噹妹。」

「我也可能是領口上繡著『妹』的叮噹姊。」

「『妳認為呢，愛麗絲？』」

「說真的，我才不管，」愛麗絲雙手環抱胸前：「我認為你們完全一樣。」

「真的，小孩會說，大人都是一個樣。」叮噹姊道。

「大人也說小孩都是一個樣。」叮噹妹說。

「『都一樣、都一樣，夢與現實都一樣。』」

姊妹倆一搭一唱，愛麗絲早已放棄分辨兩者。

「咻——呼嚕嚕嚕嚕——」

「咻——呼嚕嚕嚕嚕——」

「這是誰的打呼聲？」愛麗絲注意到，這聲音傳自屋外，有如雷鳴或火車頭在呼哧。她摀住耳朵，等聲響過去，方道：「讓我猜猜，是森林裡的棋國王？」

「是的，他是仙境的統治者之一，只不過他永遠都在睡覺，」叮噹妹道：「史學家們認為棋國王在仙境誕生之前就睡著了。」

「統治者應該做些……像是在統治的事，如果他只從頭睡到尾，那就有些名不符實，」愛麗絲想想又說：「但這也比紅心皇后和白女王做得好多了。」

「這就叫『放任主義政治』。」睡鼠插話。

「我想棋國王會給我們一些建議，我們得把他叫醒。」愛麗絲說。

「不行！」叮噹姊叫道：「要是他醒了，妳、我們都會消失，『呼』地就不見了。」

「好吧，就算是那樣好了，」愛麗絲道：「我們還是得去見他一面。」

在愛麗絲的堅持下，叮噹姊妹與茶會組隨她走出屋外，同時棋國王呼嚕嚕的鼾聲再次傳來。幾人循著聲音，穿越一叢叢錫箔草與軸承樹，發現了一個山洞。

她們環視周遭，一時間都怔住了。

那是整片美景——暮霧透射出迷離的光影，野桐盛開，草木繁茂，夕光穿過樹葉灑落，連地面也被染成碎金色。愛麗絲不禁深吸一口氣。

這裡的空氣就像最初始的仙境，清新且帶有微甜的水氣。

山洞附近完全沒有皇后軍開發的痕跡，愛麗絲想皇后沒那個膽子。

她們走進山洞，看見棋國王戴著一頂高睡帽，末端還綴著一個纓球。他蜷縮著睡在潮濕的落葉堆上，就像個嬰兒，只是嬰兒不會有那麼大的鼾聲。

愛麗絲忽然有點害怕叫醒他。

棋國王有種特別的存在感，不會在空洞巨龍之下。

「中年的嬰兒會做什麼夢呢？」愛麗絲問。

「被大人喝斥或被孩子抱怨。」叮噹姊回答。

他既是大人也是小孩。愛麗絲想。

就在那中間，跟自己一樣。

「你是否也嚮往成熟，卻厭惡大人呢？」愛麗絲對棋國王低聲呢喃：「所以你才會睡著。」

「或者他夢到的是妳，愛麗絲，」叮噹妹道：「仙境是妳的夢，但棋國王夢得比妳更長久，我們都只是他夢中的一部分。」

「那他醒來會怎麼樣？」

「一切都將消逝。」

愛麗絲心中一震，她望向棋國王，後退三步。

「為什麼逃開呢？」棋國王說著夢話，低沉厚重的嗓音嚇壞了所有人：「討厭幼稚的人，為何不摧毀夢境？」

「只因為妳不討厭幼稚，我的臣下。」

「我不是你的臣下，仙境可是我創造的。」愛麗絲氣道。

棋國王打了個特大的鼾，在山洞裡反彈迴響，愛麗絲摀緊耳朵。對方翻身，滾到愛麗絲腳邊，當他靠近刻盤時，鼻子抽動了幾下。

「他征服了古埃及，卻贏不了金字塔。」棋國王喃喃道。

這是提示？愛麗絲忍住把棋國王叫醒的衝動，提起刻盤，凝視著上頭血跡：「『征服了古埃及，卻敗給了金字塔』，我想謎語的答案就是血跡的主人。」

愛麗絲再試著對棋國王說一些話，但他仍只是睡著，那些夢囈也支離破碎，連一個明確的語意都找不到。

折騰了許久，她們放棄再從棋國王這得到提示，於是往回走。

回到叮噹姊妹的屋子裡，眾人再次坐到圓桌前討論意見，轉醒的格里芬則在門外守候。

「所以……叮噹姊妹，妳們有什麼建議？」愛麗絲咬了口脆餅說。

叮噹妹皺眉：「建議，沒什麼建議。」

「我們只是在家裡喝點酒、吃點點心，自由人不會參與任何事。」

「蝴蝶也是自由人，而她也給了我們提示，」愛麗絲道：「我以為妳們有共通的行事標準。」

「從沒有什麼共通的標準。」

帽客說，開了一瓶茶酒，倒在杯裡並一口喝下肚。

愛麗絲想，只要名字裡帶有「茶」字的，茶會組都來者不拒。

「我們應該想想棋國王的事，他帶給我們一些訊息，喔！他比睡鼠還會睡！」三月兔叫。

「他比我會睡，而且還像個嬰兒。」睡鼠說。

「我想他是個中年人，」愛麗絲再把點心扔到嘴裡：「還是個無為的統治者，他的做法很有哲理。」

「如果什麼都不做也算『哲理』！」三月兔補充。

帽客說：「我們該對統治者有基本的尊重。」

「嗯？」

統治者……愛麗絲忽然想起白女王的死，心裡還有點難過，但她同時也想起另一件事。

愛麗絲把手伸進裙子口袋，掏出一個小小的木盒。

沒到完全絕望的時刻，千萬別打開它。白女王曾這麼說過。

來自白王國的援兵全滅，被紅心堡勢力追殺，說不定還得面對空洞巨龍的復仇。這難道還不夠絕望嗎？

愛麗絲翻開木盒。

裡面空蕩蕩的，只有一張小紙條。

唯有空洞巨龍的吼聲能喚醒棋國王，他們來自同一個故鄉。

睡鼠爬到愛麗絲肩上，看著紙條道：「如果看到一個人在睡覺，那最好讓他繼續睡下去，因為我知道被貿然叫醒的感覺有多糟……噢，記得棋國王身下的草堆嗎？那肯定很好睡。」

「我……想跟……棋國王成為……睡友……」睡鼠說完，直接睡掛在愛麗絲肩上。

睡友是什麼？愛麗絲決定不糾結在這點上，她轉向瘋帽客：「妳有什麼想法？」

「他們來自同一個故鄉。」

「妳知道那是哪裡？」愛麗絲道：「講清楚，我不希望再增加謎團了。」

帽客把睡鼠從愛麗絲肩上拿下來，邊輕撫她的背邊說：「在創世之前，『那裡』僅有一片未分形的渾沌，它一直在妳腦子的最深處。」

帽客用食指戳了戳愛麗絲的額頭：「思想就是從那誕生的，但那裡沒有任何思想；夢境就是從那誕生的，但那裡也沒有夢境；妳所認知的一切都是從那誕生的，但那裡什麼都沒有，就像一個空洞——」

「空洞——空洞巨龍，牠的本質就是無意義、不存在，牠就生於渾沌。」

「棋國王亦然，他沉睡在創世之前，清醒於末日之時。」

帽客雙頰微紅，酒精使她多說了點話。

如果她再醉一點，或許會有更多表情，愛麗絲暗想。

「啊——吪——」

此刻門外傳來一聲鷹鳴，帶有野獸咆哮的質感。

「格里芬？外面發生什麼事了？」

愛麗絲聽見很多腳步聲，她希望事情不是她想的那樣。

格里芬一頭撞破木板門，牠衝進房裡叫道：「是紙牌士兵，有上千個！」

「又來？」愛麗絲雙手懷抱胸前：「皇后的追殺一次也沒有奏效，她為什麼不稍微消停一下？」

眾人出到外頭，現在還看不見敵方身影，但由四面八方傳來的腳步聲彷彿一個套索，愈來愈縮緊、愈來愈接近，有節奏的兵器相擊聲與咆哮聲不絕於耳，更是種精神上的折磨。

愛麗絲寧願先看到人影，而非聽著聲響，令恐怖的想像逐漸擴大。

「真受不了！」

愛麗絲忍無可忍，她看見一旁的叮噹姊妹精神渙散，又感到更加強烈的不安。

這種不安一直持續著，直到第一支箭矢從樹林裡射出。

愛麗絲把刻盤立在身前，用它寬大的刀身格開一箭，抬頭望天，緊隨的是整片箭雨。

「天啊……」

愛麗絲連忙把刻盤斜插在地面上，側身蹲下躲在它後面，這足夠為身材瘦小的她擋下大部分箭枝。

她已經做好挨上一兩箭的心理準備，等了兩秒，卻什麼也沒發生，愛麗絲探出頭，看見格里芬用兩隻後腿人立起來，瘋狂搧動翅膀掀起颶風，把大多數箭矢吹離軌道。

「快！趁現在走！」三月兔喊叫，邊跳上格里芬的背。

這時已有不少手持刀槍的紙牌士兵從樹林、石堆中竄出，帽客立刻拉著愛麗絲往格里芬那跑。

「等等！」愛麗絲轉頭看了眼叮噹姊妹，她們半邊身體逐漸融化、彼此交纏相接：「告訴我，要去哪才找得到空洞巨龍？」

姊妹倆的半邊臉頰已黏連到一塊，她們用異常彆扭的動作轉頭，迷迷糊糊地說：「「我們看見空洞巨龍，牠從高高的天上飛過，往紅心堡的方向。」」

紅心堡？巨龍真向皇后投誠了？

愛麗絲還不及細思，帽客便拉著她翻身上了格里芬的背，格里芬拍動翅膀緩緩升空，幾枝羽箭飛來，帽客揮動手杖打落它們。

「快呀！」三月兔叫。

愛麗絲往下看，叮噹姊妹已經完全合體，只見一位兩層樓高的巨人在紙牌們的陣勢中橫衝直撞，大吼大叫的她已看不出任何理智。

士兵的刀械刺傷巨人全身上下，巨人把士兵一個個踩碎或捏扁。

仙境正荼毒著所有人。

現實與夢境，無論哪邊都只有痛楚。

愛麗絲決意停止這一切。於是她道：「我們要去紅心堡。」

格里芬愈飛愈高，下方戰區愈來愈小，直到完全看不見。

大家都鬆了一口氣。

格里芬在空中轉了個彎。

「方向」這種東西在仙境裡沒什麼用處，但愛麗絲還是能感覺到自己離紅心堡愈來愈近，格里芬的飛行路線精準得可怕，她永遠都搞不懂其中原理。

她想，這或許是最後一段旅程了。

高空中與雲朵擦身而過，遠方澄黃的太陽使人目眩神迷，連骯髒的大地也延展成美麗的地平線，這景色彷彿似曾相識。

爸爸曾經帶著她和大姊登上卡爾頓丘，當時的天象就是如此。

懷念給予了她溫暖，愛麗絲闔眼。

風一陣陣吹過臉頰，於耳邊颳起細微的韻律。

「愛麗絲。」

「嗯？」

帽客把沉眠的睡鼠安放在高帽裡，反騎著格里芬，與後方的愛麗絲面對面：「我有一點事想問妳。」

對方的語氣輕柔，少見地帶有溫度：「該結束了，不是嗎？」

「什麼事？」愛麗絲沉溺在帽客舒緩的語調中。

「妳去紅心堡，是想找到空洞巨龍嗎？」

愛麗絲微微點頭。

「妳想找到空洞巨龍，是為了叫醒棋國王？」

愛麗絲愣了半晌，再度點頭。

「愛麗絲、愛麗絲，」夕陽在帽客身後打出一輪光圈，她凝視著愛麗絲：「妳想要毀滅仙境，妳想要

——妳想要毀滅我們嗎？」

帽客逆光的身影是漆黑的，唯有雙瞳閃爍光芒。

愛麗絲無言以對，與帽客四目相接，注意力馬上被對方眼底的亮光牽引。

瞳孔的最深處，隱含的一點微光，那彷如環繞情感的漩渦般。愛麗絲側頭，不自覺地把臉湊近，愈加被帽客眼中的渦流吸引。

迎面而來的，是大片黑暗。

拾參章　審判

仙境就要結束了。

那個幼稚的世界將迎來終結。

一想到這點，愛麗絲就感到難得地神清氣爽。

自上次入夢以來，仙境意志似乎察覺到了愛麗絲的想法，祂開始製造更多的幻象、更多的耳語，這在她眼裡就像垂死掙扎。

又過了段時間，仙境似乎也累了，愛麗絲得以度過兩周無夢的夜晚。

現在連幻覺都少了，愛麗絲終於能過上正常生活。所有事物都在好轉，父親和勞琳娜也一定會回來的，她如此堅信。

為了迎接他們，得把家照顧得漂漂亮亮的！

「哼哼哼哼——哼——哼哼——」

愛麗絲哼著小調，趁太陽還大時，把洗好的衣服晾在後院的長繩上，她抹了把汗，踢踢腳跟、蹭掉靴底的泥土，走回屋裡為伊迪絲與道奇森叔叔準備午餐。

勞琳娜曾花一整天教她家事，真正熟悉起來卻耗費好幾個禮拜。

現在這棟房子幾乎都是愛麗絲在打理，她想伊迪絲應該也能做到。

但伊迪絲付出的已經夠多了，她可是變賣了長久以來的藏書！所以愛麗絲決定多做點事。

付出與忍讓，這樣就算成熟了嗎？

愛麗絲很懷疑，她覺得成熟肯定不只如此。

但至少情況沒有愈變愈糟，伊迪絲雖為人詭異，卻從沒對愛麗絲做過什麼，問題反倒是道奇森叔叔……

「愛、愛麗絲。」

愛麗絲聽見身後傳來聲音，正在切菜的她嚇了一跳，轉過身，手上的刀差點割到對方。

「嘿！小心點，」道奇森叔叔苦笑：「妳拿著刀，可不能心不在焉。」

愛麗絲放下菜刀，皺眉道：「叔叔，您有什麼事嗎？」

「有、有，當然有，但還是等等，我們可以邊吃午餐，邊討論一些問題。」

愛麗絲只略微頷首，便一語不發地轉頭煮湯。

她把一碗濃湯與肉派放到盤上，到父親的書房前敲敲門，伊迪絲由裡面走出接過餐點，這位奇怪的二姊向來都是在房裡吃飯的。

愛麗絲很高興不必和這書狂共進午餐。她往回走至飯廳，道奇森叔叔已經等在那了，愛麗絲把湯鍋與食物端上桌，兩人便落座用餐。

愛麗絲盡量不去和叔叔對上眼神：「那麼，有什麼事嗎？」

「嗯，」他將外套和短手杖掛在椅背上，聲音比平時低了幾度，整個人的氣質更顯抑鬱：「是關於學校的事。」

「學校？」

「雖、雖然已經幫妳辦了停學，但那等於從妳身上剝奪學習的權利，妳不介意嗎？」

愛麗絲搖頭：「一點也不，我有更多時間來寫以前拖欠的作業。」

「那妳會寂寞嗎？」

「寂寞？」

「是的，畢、畢竟妳的朋友都在學校，現在妳能接觸到的人只有我、伊迪絲和市場的攤販。」

「寂寞有時能使人安心。」

「這……」道奇森叔叔嘆了口氣：「說真的，我認為妳太勉強自己了。」

「勉強？我才沒有。」

「沒有嗎？」道奇森叔叔用食指往桌面一抹，上面沒有任何髒汙：「光潔的桌面。」

他又勺了口濃湯喝：「美味的料理！」

他再望向光亮的地板、牆壁、衣架、天花板、吊燈，所有事物都一塵不染：「這、這都不是一個十六歲女孩能做的、該做的，像妳這年紀的女孩，有些人都已經結婚，和丈夫過著幸福快樂的生活了。」

「我以為這是成熟的表現，」愛麗絲對道奇森叔叔的態度感到不解：「我能做到以往做不到的事，您該為我高興。」

「當然，我的意思是、是……算了，如果亨利能早點回來，妳就沒必要辛苦了。」

愛麗絲苦著臉說：「我也希望爸爸能早點回來。」

「是啊……」

道奇森叔叔用完餐，掏出懷錶一看，便道：「我該、該去買點新的墨水跟稿紙了，希望店家還有開。」

「啊，我去就行了。」愛麗絲道。

「不了不了，」他披上外套，拿起手杖往外走：「我在寫的新書，用的稿紙和墨水也該由自己來買。」

走到玄關時，道奇森叔叔轉頭，對愛麗絲眨眨眼：「妳可以趁現在休息一下，或、或者去陪伊迪絲，別看她那樣，亨利和勞琳娜不在，她也是很寂寞的。」他說完，隨即踏出家門。

又是書！愛麗絲想叫叔叔別再寫了，但她不敢說，她自己也不知道為什麼。

而且伊迪絲會寂寞？她秉棄這荒誕的想法，直接趴在餐桌上打盹。

陽光溫和地由上方的通氣窗灑落，桌上湯鍋還在散發熱氣，除了不時傳來的風聲與樹葉摩娑聲。這裡寧靜得沒有一點聲響，木桌的清香、從窗戶徐徐吹進的暖風，都能令愛麗絲進入無夢的安眠。

直到敲門聲響起。

「唔……嗯？」叔叔回來了嗎？愛麗絲艱難地起身，擦掉嘴角溢出的口水前去應門。

她打開門，站在門前的卻是一高一矮兩位警察。
他們表情嚴肅，深藍色的制服上警徽閃閃發亮。
「是亨利．李德爾的家屬嗎？」高的那位警察俯身問道。
他們認識爸爸？愛麗絲吃了一驚，微微頷首：「我是愛麗絲，請問兩位有什麼事？」
「房子裡還有其他人嗎？」矮的那位警察問。
「嗯，」愛麗絲可不敢在警察面前撒謊：「伊迪絲還在裡面。」
高警察帶著一本冊子，他翻了幾頁便說：「是伊迪絲．李德爾？我記得被告有三個女兒的。」
「勞琳娜她出了遠門，」愛麗絲聞言皺眉：「被告？誰是被告？」
「妳的父親。」矮警察說。
「什麼!?」
他們不等愛麗絲追問，只對看一眼，然後異口同聲道——
「愛麗絲．李德爾，請妳和我們走一趟。」
愛麗絲對現狀完全一頭霧水。
她在路上遇到了道奇森叔叔，他正被兩名警察帶著走，手上還拿著一疊紙和兩瓶墨水，看來他也是臨時被帶過來的。

幾人走到了一棟建築前，灰白色的牆面、方正整齊的巴洛克式外窗，高聳的主屋頂與副棟並排著，整棟樓房滿布細緻雕刻。愛麗絲對這房子並不陌生。

與它的美麗莊嚴正好相反，幾乎所有倫敦市民都懼怕著這棟建築。

——倫敦皇家法院。

愛麗絲正忐忑，忽然有幾個人從門口走出，他們與四位警察相互敬禮，報出她聽不懂的職稱後，便領著二人走過一條條迴廊、階梯，最後推開一扇木門。

前方是一座階台，年老的法官正坐在中央，陽光入射、照亮法官面前的兩組木質桌椅，靠近門口的空間則是排著五列階梯狀座位。

愛麗絲被帶到後排坐下，身邊的人她大都不認識，聽道奇森叔叔解釋，才知道這裡就是陪審席，而陪審席上可以坐著原告家屬、被告家屬，甚至是陌生人。

愛麗絲也看見了父親。

爸爸！愛麗絲差點叫了出來。

她想跑到父親身邊，此時道奇森叔叔拉住了她。他告訴她，如非必要，陪審人員不應隨意行動。

父親就站在法官正前方，左前方是律師席、右前方則是檢方席。

愛麗絲想和叔叔說點悄悄話，這時法官揮動法槌。

「碰」地一聲，所有人神情一肅。

法官俯視全場，點點頭，即道：「現在正式開庭……

被告亨利．李德爾，你身為多校正副校長……

愛爾蘭教育界……

獨立運動……反抗……

大英帝國……

「我為被告……」

「駁回……」

「但根據法條……人民……權力……」

「秩序……恥辱……

各方勾結……愛爾蘭應……」

「證據……」

「駁回……」

「被告……罪……

依據法定條例……我們該……」

「駁回……」

「請證人……查爾斯．道奇森……」

「不足以構成證據……

與被告關係……

駁回……」

「愛麗絲．李德爾……」

「與被告關係……駁回……」

「……」

「……」

「……」

……

……

事情發展的太急太快，整個審判過程，愛麗絲幾乎都沒聽明白，僅知道法官、律師與檢察官正互扯著一些「專業名詞」。她不懂，為什麼大人都喜歡把事情說得那麼拗口？但大人也教她應當尊重專業，愛麗絲別無選擇，只得安靜地聽。

期間道奇森叔叔和她也被問了幾句話，但好像沒什麼作用。父親正在被審判，她備感煎熬，隨之感到一陣陣頭暈。

直到她聽見那句話。

「被告亨利．李德爾，以國安法條定罪，一審定讞——死刑。」

愛麗絲發誓，世上再無比這更絕望的話語。

死刑？爸爸會死嗎？

會死嗎？

死……死死死死死斷斷斷斷斷斷斷……

腦中環繞彷如灼燒般的聲音，「匡啷」一聲，愛麗絲覺得有什麼東西崩碎了。

不要！

不可以！

絕．對．不．行！

「嗚嗚嗚嗚嗚——」愛麗絲的視野急遽扭曲變形，她雙手抱頭，喉嚨中滑出她自己也不認識的低鳴。

「嗚嗚嗚嗚嗚——」

律師席化為了碎片、檢方席融化成一灘奶油，法官被他自己的假髮吞噬，陪審席的階梯如波浪上下起伏、陪審員則成了一片蠕蟲森林，度度鳥在裏頭掠食。

只有父親依然是父親，愛麗絲簡直就像要抓住光芒似地，朝他的背影伸出手。

可父親的身影卻愈來愈遠、愈來愈遠，幾乎要看不到了。

愛麗絲尖叫，胡亂揮動四肢，一拐一拐地前進，最後全身一癱——她並沒有昏過去，而是產生了一種奇妙的知覺。

那是全然的寒意與炙熱。

如同堅冰覆蓋著熔岩，兩者並存著。

她感受到澈底的平靜，身體某處卻在燃燒，她不曉得是哪裡在燒著，那肯定是某個不知名的器官。

愛麗絲的知覺異常清楚，她被抬到外頭的長凳上躺下，每個人臉上的汗毛都清晰可見。她的視野裡不再有幻覺，而是陷入了相片似地、緩慢而清晰的時間。

道奇森叔叔擔心的神情、警衛驚訝的眼神、法官的皺紋，地面上爬過的一隻螞蟻，與父親痛苦中透著關愛的雙瞳。

愛麗絲想著那些畫面，在長凳上躺了一會，才感覺自己的四肢恢復力氣。她坐起，這種知覺卻絲毫沒有消退，她把頭轉向坐在一旁的道奇森叔叔：「道奇森……叔叔？我怎麼了？」

愛麗絲說道，她發現自己的聲音變得又低又沉。

「妳、妳一定是嚇壞了，畢竟審判是那種結果……但不用擔心！這只是一審而已，肯定、肯肯定還會有機會翻盤的！」

愛麗絲看見道奇森叔叔拳頭顫動的軌跡，他的聲音也變得更加低沉，結巴也更嚴重了。

那炙熱感進一步加強。愛麗絲道：「真的？」

「當、當然是、是真的，亨、亨利不會有事的，我保證。」

「你憑什麼保證？」愛麗絲的語氣毫無起伏。

「憑……不、不說這個了，愛麗絲。」

「你憑什麼保證？」

她的目光愈發冰冷，令道奇森叔叔不自覺地退後：「我是說，反正他不會有事的！等事情過、過去，我會把這段經歷改編成冒、冒險，妳一定會喜歡的。」

「故事？」

「對，故事，妳、妳小時候最喜歡了，不是嗎？」

炙熱的感覺再度加強，愛麗絲在其中感受到了指向性。

「我想去泰晤士河畔。」

「泰晤士河？在、在那裡能讓你感覺好點嗎？」

愛麗絲點頭。

二人行至泰晤士河畔。

道奇森叔叔道：「以前我們在這附近遊過湖，說、說來奇怪，我們怎會在河上遊『湖』呢。」

愛麗絲把目光放向河面，那兒依然波光粼粼，卻漂浮著一片片黑色油污，她還看見一隻蒼蠅在舔舐魚屍的眼珠：「關於新書的事情……」

道奇森叔叔說：「新書？我、我知道，妳肯定非常期待。」

「不。」

「什麼?」

「我說,不!」

那份灼燒感愈來愈強,愛麗絲的知覺愈來愈敏感。

一切聲音都變得低沉而駭人,腳步聲、貓叫、樹葉摩娑聲、行人低語、馬車經過、工廠機械的運轉,均成了同一種未知的語言。光影則成了扭曲的文字。

即使看不懂也聽不懂,她還是能了解其中含意。

——愛麗絲,我愛妳。

「不!!」

那份灼熱感猛地爆發,衝破表層的寒冰,愛麗絲大吼:「不要再寫書了!那讓我非常——非常痛苦!」

愛麗絲衝向道奇森叔叔,雙手向前一推,她的身體不受控制。

道奇森叔叔差點摔進河裡,他站定腳步,看見愛麗絲依舊鐵青著臉衝來。他試圖抵抗,但愛麗絲此時的力量大到不像個十六歲女孩,倒像拳擊手或運動員。

究竟怎麼回事?他想也許是因為愛麗絲受了太大刺激,導致身體產生了了某種變化。

「愛、愛麗絲,冷靜下來,一切都會沒事的!」

「不!沒有什麼沒事!」

愛麗絲用腳踹向道奇森叔叔的小腿:「不要、不要再糾纏我!我受夠了!仙境!告訴我,祢到底想怎樣？愛是什麼？成熟又是什麼？告訴我！告訴我——」

道奇森叔叔被踹得跪下，愛麗絲伸出雙手，又要把他推落河裡。

不得已之下，他只能狼狽地往旁打滾：「這、這可有失風度……喂！」

只見愛麗絲收不住衝勁，一頭栽進河裡。

「!?」

在她落水之前，時間似乎停止了，愛麗絲凝視汙濁水面上自己的倒影，那就像一面骯髒的妝鏡。

倒影的身後伸出無數隻手，愛麗絲認得出來，那些都是仙境角色的手臂。

帽客的三月兔的睡鼠的白兔的柴郡貓的公爵夫人的紅心皇后的……數十隻手臂由鏡面穿出，緊抓愛麗絲全身上下。

她試圖掙扎，那些手臂卻愈絞愈緊。接著，她感受到一股極為龐大的牽引力。

倒影瞪大眼睛微笑，愛麗絲被那些手拽進鏡像彼面……

嗯？

在朦朧的意識與奇異的飄浮感中，她又彷彿看見了，被道奇森叔叔抱上岸的自己。

拾肆章　游離1

愛麗絲正漂浮著。

她看見自己躺在房間的床上，這是很奇妙的經歷。

以第三者的角度看著自己，愛麗絲感覺不到身體的存在。

怎麼回事？愛麗絲的知覺依然敏銳，她聞到薰香味與木香，這裡是勞琳娜的房間，這使她感到非常安心。

這裡是仙境？

這裡是倫敦？

這裡是哪裡？

愛麗絲只覺一切都混亂了，她曾聽說過靈魂出竅，那很類似自己現在的狀態，但還是有些不同。

她的意識在房裡游離著，忽然間，門開了。

伊迪絲戴著睡帽進門，她手拿一本書，慢慢走到床邊、拉了張矮凳在愛麗絲身旁坐下。輕聲道：「醫生說妳的身體完全沒有問題，只是昏迷著，出於不明的原因，妳沒有醒來……是妳不想醒來嗎？」

「告訴我，妳想醒來嗎？」

「愛麗絲，妳為什麼不醒來呢？」

「……」

「我知道了。」

「大姊、父親，還有其他事，這段時間發生了太多，妳需要休息，對嗎？」

「那好吧。」伊迪絲翻開書本，那是一則冷門的童話——或許根本不是童話，那書甚至連標題都沒有，愛麗絲的意識聽著二姊一字一句地唸。

從前從前，有個小小的、小小的女孩……

她就和胡桃一樣小，因為她太小了，所以她認為每個「大人」都會欺負她，她想要長大。

但什麼是長大？

她思考並試著做出一些行動，她冒險地前往另一個世界……

她遇見了很多人事物，有一些朋友、有一些敵人，還有一些自詡自由的頑固份子，她遭遇了許多危險與奇遇。

當一個人經歷了太多事，她會想回到家，小小的女孩想回家尋求一點關愛。

但家人真的能給她關愛嗎？

——還有能給她關愛的家人嗎？

她很痛苦、很驚惶，她感覺所有事情都混在一起了。

嘿，現在她需要一點審判。

當事情變得模糊不清，一點點審判是必要的。

小小的女孩朝法院而去，她需要弄清楚所有事情，獎賞、懲罰、謎題、幼稚、成熟……

一切都會變得清清楚楚，小小的女孩很清楚法院的職責。

「今天就先講到這裡，」伊迪絲把書闔起並放在腿上，緩緩地湊近並輕吻愛麗絲的額頭：「妳知道嗎？我的藏書減少了，勞琳娜離開了，而父親，我知道他一審被判了死刑，然後妳又這麼睡著……」

「妳知道嗎？愛麗絲，我好寂寞啊。

妳知道嗎？我好無聊啊，

妳知道嗎……

算了。」伊迪絲搖搖頭，嘆了口氣。

「無論如何，」她深深吸了一口氣，道：「祝妳有個好夢，愛麗絲。」

她起身走到門口，回望愛麗絲一眼，才又轉頭離去。

這些都被愛麗絲的意識看得清清楚楚。

伊迪絲雖是個詭異的書狂，卻沒自己想得那麼糟糕。愛麗絲邊想邊在房裡亂飄亂繞，過了段時間，愛麗絲感到無聊極了，她開始覺得門口充滿了吸引力。

但門是關上的，她沒有實體，所以無法開門。

她試圖撞門，結果直接穿了過去。

當她發現這個奇異的現象，愛麗絲便迅速穿過屋頂，飛到高高的天際，直到她能俯視倫敦全境。

不知怎地，整個霧都令她感到非常強烈的不安，除了幾個地方。

——家，那裡散發著令人安心的氣息。

——皇家法院，那裡散發著一種令人清爽的、做出決斷的俐落感。

——還有其他地方，愛麗絲看得不是很清楚。

愛麗絲決定飛往皇家法院，就如伊迪絲說的故事一樣。

愛麗絲的意識飄到皇家法院莊嚴的大門前，直直穿越到對面。

那裡是一片完全黑暗的空間。

如同在星空深處沸騰的色彩、在大腦的坩鍋裡熬煮，終至全然混濁的漆黑。在這裡，只有幾個身影散發著微光。

那是三月兔、睡鼠，與帽客。可還是有些不一樣，尤其是帽客，她有一種如大姊般甜美的氣質。

「親愛的，無論妳想做什麼，我們都會支持妳。」帽客對愛麗絲道。

「即使那是要命的！」三月兔說。

「即使那會摧毀一切。」睡鼠附和。

「但我們仍支持妳，」帽客凝視著愛麗絲：「知道為什麼嗎？那是因為我們……」

帽客沒繼續說下去，只拍了拍愛麗絲的腦袋。

「妳知道我要說什麼，對吧？」

帽客微笑道，與三月兔、睡鼠一同轉身離去。

「等等，帽客！等等！」

帽客停下腳步，但沒有轉頭：「愛麗絲，展示妳的堅強——如果那是妳擁有的；愛麗絲，展示妳的成熟——如果那是妳想要的；愛麗絲，展示妳的殘忍——如果那是妳必須的。」

「帽客，妳只是仙境的角色，對嗎？」愛麗絲問道：「妳們只是我幻想出來的，我完全不用在意妳們的感受，對嗎？」

帽客依然沒有回頭，只道：「如果這樣想能讓妳好受一點，那就當作是這樣吧。」

「或者打從一開始，妳對仙境就沒有慈悲呢？」

這個空間愈變愈模糊，愛麗絲睜開眼，發現自己正身處仙境。

但帽客她們並不在身邊。

好吧，或許自己在不知道的時候和她們拆夥了，仙境的時間老是跳來跳去，像先前那樣連貫才是反常。她起身遠望，映入眼簾的是一座建在軸承上的巨城。

鋼鐵的城牆上，煤油帶著鏽渣流下，黏答答地糊成一團團黑褐色壁瘤。

金屬支架如爬藤蔓延，煙囪以可怖的密集度佇立各方、惡臭的濃煙遮蔽天際，這座城市的一切都是灰黑的、冰冷的、由鋼鐵鑄造的。

火光、金屬相碰的叮噹聲、蒸汽機的轟鳴，錫紙與黃銅已是此地最豔麗的色彩，還有一些不知名的機具四處橫行，比如一台怪異的車輛，它不斷用前端的鏟子到處挖坑，又用滾燙的瀝青把它填上。

骯髒、吵鬧，這裡與過去的紅心堡已大不相同。

愛麗絲提起刻盤，一邊警戒著紙牌士兵與其他怪物，一邊靠近那座城市。

聽說空洞巨龍可能在紅心堡，愛麗絲想找到牠、說服牠用吼聲叫醒棋國王，讓仙境化為烏有。

她當然不是從正門進入，而是用刻盤偷偷在城牆上挖鑿——即便是鋼鐵，在這刀面前也如泥土般柔軟。

鑿穿城牆，眼前的景象卻和預想的有些不同。

紙牌海。

上千紙牌軍團就舉刀站在愛麗絲面前。

「你們好……」愛麗絲臉色發青地望向紙牌將軍：「打擾了。」

「沒什麼，我的星星，」紙牌將軍明顯比士兵聰明高貴，聲音卻同樣刺耳：「我歡迎妳。」

「星星？」

紙牌將軍秀出他的肩章：「皇后說要是能抓住你，我能多戴一顆星星，而一顆星星可以換一個藍梅派！」

「……」見紙牌將軍高舉它的指揮刀，愛麗絲冷靜地轉身，拍拍衣裙、把靴子環帶重新扣好，然後——

跑！

死命地逃！

自從有了茶會組與格里芬相隨，愛麗絲已經很久沒獨力逃命過了，但現在她得盡全力奔跑，她了解皇后的個性，如果被抓住肯定會被砍頭。

「砍下她的頭！！！」愛麗絲幾乎能聽見皇后如此吶喊。

她跑過一條條鏽蝕的街道，身後傳來紙牌士兵的尖嘯，夾雜紙牌隊長、紙牌將軍急促的言語，無數腳步聲的轟鳴幾乎使人昏厥。

愛麗絲邊跑邊大吼大叫，希望神靈的語言能止住它們的步伐，但紅心堡內似乎有著某種莫名的氛圍，她所有行動都徒勞無功。

是仙境在阻撓自己。她想，皇后真得到了仙境意志。

一路上，接連有更多士兵從岔道湧出、與追擊愛麗絲的軍團滙合。她跑左跑右，用刻盤在路

過的牆上砸洞，於各個建築物裡外鑽進鑽出，

砍倒幾個接近的紙牌士兵，愛麗絲不得不慢下腳步，這又導致更多敵人追上來。刻盤的威力很大，愛麗絲的體力卻是有限，一旦被這麼多人包圍，下場可想而知。

她正感絕望，忽然間，刻盤刀身一陣顫抖、發出嗡嗡的刀鳴，沉鬱的重低音甚至拖慢了時間。怎麼回事？愛麗絲趁紙牌們慢下來時拉遠距離，躲在隱密的巷角處，伸手輕撫它暗沉的刀身。

刻盤本身只是堅固無比，沒有其他特別的。

可這種「放緩時間」的現象又怎麼解釋？

時間？

——他征服了古埃及，卻贏不了金字塔。

愛麗絲忽然想起，那是一句古老的阿拉伯諺語。

——時間戰勝了一切，但金字塔戰勝了時間。

刻盤大刀上的血跡，是「歎（Time）」的！

那諺語或許得改成「時間戰勝了一切，但皇后砍了時間的腦袋」。愛麗絲覺得一切都聯繫上了，當初在峽谷與茶會組祭奠歎的頭顱，那不是毫無意義，她先知道了時間的存在。

她想著，刻盤又發出一陣顫動。

伴隨巨大的吸引力，刻盤開始有了某種指向性，拉著愛麗絲往一個方向跑。

她隨刻盤來到了皇家庭院。

打滿鉚釘的石磚鋪成花圃，裡面栽種著錫紙與流刺網構成的樹叢，鋼鐵製的玫瑰花四處綻放。

刻盤自己動了起來，它在一叢叢鐵刺中斬開道路，引導愛麗絲走向花園中央。

那裡是個陰暗的封閉空間，只有一道陽光從天頂打下。

愛麗絲呆立著、看著眼前的景象。

披荊斬棘，最終屹立在她身前的，是一顆龐大的心臟。

它有一棟庫房那麼大，表面乾枯滿布皺褶，深褐色的肌纖維上附著黑色血管，這顆心臟肯定放在這很久了，久到它失去一切鮮活的色彩。

即使如此，它依然是如今的紅心堡內，少數能代表「紅心」的事物。

心臟的乾屍。

這是誰的心臟呢？

愛麗絲隱約知道答案，這時刻盤停在心臟下的台座前，那裡有一行銘文——為表紅心皇后之偉業，將歎（Time）之心臟樹立於此，創世者持染血巨刃而來，無功而返，唯時間巨人之友戴帽者來此，方能換取報酬。

愛麗絲看不懂。

她發現刻盤就停在那不肯移動，搖搖頭，就把它留在了心臟前。

她喜歡刻盤這把刀，但仙境即將毀滅，她再也不需要它了。

只要找到空洞巨龍，到時無論是謎語、武器……仙境裡所有東西都將消失，事情就會步上正軌。

愛麗絲想再找些線索，左看右看，眼角捕捉到一抹白影。

是白兔小姐！

白兔小姐和柴郡貓都是仙境引路人，她自然而然地跟著白兔走。

「妳還是來了，不是嗎？」白兔邊跑邊說。

「是啊，妳知道空洞巨龍在哪嗎？」

「嘿！別說那個可怕的名字，我不會帶妳到牠面前的。」

「那妳要帶我去哪？」

「妳猜。」

「妳讓我猜？我不知道。」

「別這麼快放棄。」

「嗯……」

「不要放棄。」

「唔……」

「……」

「妳知道嗎？」走出紅心庭園，眼前是一座巨大的宮殿，對方停下腳步，轉身面對愛麗絲：

「妳不用猜了。」

白兔小姐不知從哪掏出一支金號角，並用力吹響，悠揚古樸的號聲響徹整個紅心堡。

「創——世——者——愛——麗——絲駕到！！！」白兔小姐扯開喉嚨大喊。

正當愛麗絲還傻在那兒，無數紙牌從宮殿大門湧出。

紙牌們在她面前排成一個方陣，只聽白兔小姐道聲「迎客」，紙牌方陣便自動分成兩半，留出一條路供愛麗絲通行。

迎著兩側兵團進殿，白兔小姐在眨眼間溜遠了，隨後有幾名紙牌迎上。

其中一名紙牌走出，道：「我是紙牌侍者，貴客請隨我來。」

愛麗絲跟著對方走到一間休息室，紙牌侍者細心地為愛麗絲洗浴更衣，愛麗絲大概了解「皇家級體驗」是什麼意思了。

之後，她便坐在軟椅上看著紙牌侍者打掃。

紙牌侍者？既沒有刀劍也更聰明，是仙境裡的新族群嗎？愛麗絲對他產生了好奇，便道：「我有事情想問。」

「請說。」紙牌侍者畢恭畢敬地回應。

「我覺得你、你們和紙牌士兵完全不同，」愛麗絲說道：「你們更聰明。」

「不，我們沒有什麼不同。」

「什麼？」

「我們紙牌就像一家人，印花、數字，那些都不重要，反正皇后不再拿我們打橋牌了。」

「我是紙牌侍者，我們原本和紙牌士兵是一樣的，但皇后……她改造了我們，士兵成了愚忠且瘋狂的屠殺工具，而我們侍者喪失了所有力量，只為把她、和每一位來此的客人服侍得無微不至。像現在，我得侍奉妳，甚至沒有一絲能力為被妳殺掉的親戚、朋友反擊。」

紙牌侍者沉默著，只靜靜盯著愛麗絲看。

「它們當時可是要殺我的！我有權保護自己的生命。」愛麗絲說。

「好吧，其實這並不重要，重要的是妳在下手時，有沒有把他們當成真正的生命，」紙牌侍者的表情變得柔和：「妳有沒有把我的同伴們當成活生生的紙牌？啊！我知道，妳這樣仁慈可愛的女孩，肯定是哭著痛下殺手。」

「妳殺死了百多位同胞，肯定也承受了百人份愧疚的折磨，對嗎？」

紙牌侍者說出這句話，緊接著迎來詭異的寂靜。

「那個……我很抱歉。」愛麗絲別過頭。

「其實妳用不著道歉，可憐的孩子！妳可是客人，現在妳可以躺在那沙發上，什麼事都不用做。」

「那是否代表你也不用做任何事？」

「客人，妳實在很聰明，但無論如何，妳該接受**審判**。」他拿出一朵鮮紅的玫瑰，別在愛麗絲的胸口上。

「我以為你們沒有鮮花了？」

「過去的事物總值得緬懷。」

紙牌侍者搖搖頭，退出房間一步，道：「請戴著它到仙境盡頭，玫瑰不該是用鋼鐵打造的。」

紙牌侍者離去，隨即有另外兩名侍者進入房間，引領愛麗絲走向紅心堡的皇家法庭。

不可思議地，紅心堡法庭的樣子和倫敦皇家法庭差不多，除了陪審席裡站滿了士兵，還有上座高了很多、法官椅變成王座，沒有律師席這幾點。

愛麗絲終於見到了紅心皇后——充滿威勢的暴君、無仁的統治者。

皇后將整個身體靠在王座上，用那雙虛無的黑瞳瞪向艾莉絲，她的肌膚白得像石膏。及肩的黑髮，平直的瀏海，略帶嬰兒肥的臉頰使她看起來相當年幼。

這外表目測也就八九歲，除了瞳色、髮色與部分氣質，她與小時候的愛麗絲簡直一模一樣。

愛麗絲仰望那幼小的身影，紅心皇后移開視線，用比本人高上兩倍的權杖指向地面。

「被告！紙牌侍者，你還有什麼話要說嗎？」皇后叫道，她的聲音異常沙啞，還帶有沉重的回聲。

不是在和自己講話？愛麗絲順著皇后的視線往身旁一看，卻是剛剛那紙牌侍者，他被兩名士兵強押跪地。

「陛下，下屬只是把花當作禮物、獻給我們的貴客，何罪之有？」侍者道。

「我早已訂下律法，全城的鮮花都得被換成鋼鐵，這才是工業、這才是進步、這才是成熟！」

「這……屬下並不知道這條律法，『把鮮花換鋼鐵』，這還只在宣導階段，還沒正式立法，對吧？」

「剛剛就已經立法完成了，而你卻不知道，這是你的錯！」

「這實在太急了，陛下。」

「世界本就瞬息萬變！跟不上變化的、成長不足者必須受到處罰，」紅心皇后道：「你犯了法，你知道後果會如何。」

「不！屬下還有家人、朋友，請您……」

紙牌侍者還未說完，押著他的兩位士兵便把他的頭完全壓到地上，使他說不出話來。

「行刑！」

「行刑！」

「行刑！」

皇后連叫三聲，士兵便要把那侍者拖出去。

「等等！」愛麗絲叫道。

「嗯？」紅心皇后眉頭皺起，一雙大眼死瞪著愛麗絲：「誰准妳出聲的？」

她看見皇后有多麼不講理，想這是駁倒對方的機會，於是說道：「妳不能這麼做。」

「妳沒資格命令我。」

「我不管，那紙牌又沒做錯事。」

「他犯了法！」

「所以妳就要對他用刑？」愛麗絲往前踏出一步。

「是的，」紅心皇后抿嘴：「那又怎樣？」

「那就跟多年前一樣，妳整天把掉腦袋的口頭禪掛在嘴邊，然後說這是『成熟』？」愛麗絲再踏出一步，偏頭掃了一眼被押在地上的紙牌侍者，又回頭道：「這完全不合理。」

「他犯了錯，我的玫瑰該跟鋼鐵一樣永不凋零，就跟我一樣。」

「所以妳就要把玫瑰換鋼鐵？」

「我不想再看到任何一朵鮮花，」皇后一抖權杖，吐出至高的宣言：「他卻自己私藏，他有罪，他應該受罰！」

「妳……」

「但他不會死。」

「什麼？」愛麗絲一愣，她熟知對方的個性，紅心皇后不可能就這樣放過一介小小的冒犯者。

「成熟……對，就是『成熟』！動不動就掉人腦袋絕對是『幼稚』的做法，愛麗絲，妳長大了，仙境也該改頭換面。」

「但是他犯了錯，仍舊需要懲罰。」執法者、權威者、仙境之主——紅心皇后向著紙牌侍者瞪了一眼，原就被押在地上的他顯得更加萎靡。

愛麗絲來不及發話，又被皇后搶先打斷：「喔，愛麗絲，妳覺得『大人』會做些什麼？抽煙？對！我需要來一根香菸，」她補道：「要高級貨。」

她拍拍手，兩旁的侍者就搬來了一桶菸草，上面熨有金色的「皇家級」標章。

皇后伸手捻了一撮，對愛麗絲問道：「香菸是怎麼樣的？」

「妳該把它捲起來。」

愛麗絲不假思索地回答，她看過的香菸都是長那樣的。

「捲起來……對！傳口令，我要捲一根香菸。」

她起身，權杖底重重敲擊地面，愛麗絲還搞不懂發生了什麼，那紙牌侍者就被押到了皇后身前，他的身體急速變小，皇后手一扯，用他紙做的身體捲起煙草——點火。

被焚燒的侍者頓時發出慘叫，延綿不絕，皇后的表情卻愈來愈是舒坦。

「呼……咳咳咳、咳咳！」皇后吐出一口煙氣，卻忽然咳了起來。

「這就是香菸？」她揮了揮手，怒目瞪視已被燒掉小半截、還在逕自哀號的煙頭：「聲音聽起來不錯，怎麼這麼難抽？」

一邊把他丟在地上，用腳狠狠踩熄，這下香菸的聲音就從淒厲變成微弱的呻吟。

「把他帶下去。」她一甩手，旁邊一位士兵便撿起煙往監獄的方向走去。

「城堡的監牢關得住龍，那一截菸蒂呢？」皇后喃喃自語，在座位上擺了個舒服的坐姿，眼角瞥向愛麗絲。

愛麗絲當然看得目瞪口呆，她原本想和皇后唇槍舌戰一番，並取得勝利的。

「妳、妳怎麼可以這樣？太殘忍了，那紙牌他……」

「他還活著！」對方吼叫，把整個上半身前傾。

「動不動就想殺人是不對的，凡事都要留一點生路，他活著，我做到了身為執法者應做的事情，我，名副，其實！！」

皇后伸出食指，指向愛麗絲的鼻頭：「那妳又是如何？僭越者！」

「我？我做錯了什麼？」

「剛剛妳是怎麼說的？」皇后大怒：「仙境不是『妳的』！！！」

「我是造物主。」

「我是掌權者！

妳的確擁有力量，但權力是在我這——會觸犯我訂下的法律，愛麗絲，這說明妳還不夠成熟，幼稚、無禮，妳已經不是當年的小女孩了，妳——我們必須變得成熟，仙境得有紀律，這是必然的趨勢。」

「而現在，愛麗絲，我們得算我們的帳。」

愛麗絲聞言皺眉，皇后的蠻橫她早心裡有數，只緊盯著方才紙牌侍者被押送的方向，道：

「我才要算帳。」

「什麼？」

「皇后，妳用工業把仙境染黑，妳追殺我、妳入侵我的思維，那些幻覺、那些噁心的景象……妳覺得這樣很有趣嗎？」

「那是因為——」皇后拉長語調，向愛麗絲張手：「我愛妳啊。」

「別開玩笑！愛？妳還嫌自己不夠扭曲？我受盡折磨，妳卻把這稱為……愛？」

愛麗絲氣得跳腳：「仙境——幼稚的世界，到底還要給我多少麻煩？我什麼時候才能成為大人？」

「妳想要成熟，但妳始終認為仙境是幼稚的，我想讓仙境變得成熟，而工業與政治改革就是我的辦法。」

「聽起來不像好辦法。」

「那妳倒說說，成熟是什麼？」

成熟是……什麼？愛麗絲回想起一路上眾人告訴自己的、關於成熟的定義，每個人說的都不一樣，這使她找不到答案。

皇后繼續說：「妳追求成熟、厭棄幼稚，妳會離開我們，所以我們想要變得成熟，這有什麼錯？」

「努力有什麼錯？」

「想要變得成熟，這是妳的願望，而我們的願望就是把妳留在這裡！」

「只要我們變成熟了，妳就會接納我們。」

「承認我們吧！仙境不只是幼稚。」

「妳真想讓妳的童年就這樣崩壞、廢棄？」

皇后開始歇斯底里，她渾身打顫，露出憤怒的神情：「愛麗絲，別想拋下仙境、別想拋下我們！永遠別想！！」

「夠了，」愛麗絲道：「這對我一點幫助都沒有。」

「妳們只是仙境角色，妳們只是我的夢、我的幻想，我為什麼不能拋下妳們？我是現實裡的人，我不能活在幼稚的夢幻裡。」

「我很仁慈，那是在現實；但我在夢裡可以做一些不同的事，對吧？」

「我可以拋下妳們，活出真實的人生、而不是童話裡的『愛麗絲』！」

「我甚至不用和妳們道歉，我可是創造了妳們啊！」

「妳們……我、我只是想讓事情好轉而已，現實也是夢境也是……這些事帶給我太多痛苦，我有權減輕壓力。」

紅心皇后聞言搖搖頭、一甩權杖，輕聲叫喚：「愛麗絲……」

「愛麗絲。」她加重語氣。

「愛麗絲！」她大叫。

「愛麗絲！！」她嘶吼：「妳真的這麼想嗎？」

「妳真的執意毀滅，而不是坐下來吃點藍莓派、好好談談這件事？」

愛麗絲猛搖頭：「我曾經是這麼想的，但我受夠了。」

「我可是創世者！

我想要成熟！

此時、此地！

我會找到空洞巨龍、喚醒棋國王。

然後仙境就會永遠消失！」

……

……

一陣沉默，紅心皇后嘆氣，一次又一次、一次又一次……

紅心皇后的聲音變了。

「愛麗絲，對不起，」她微笑，眼角泛出淚光，她的聲音變得像小孩子——小時候的愛麗絲，那輕細純潔、帶著點鼻音的話語，勾動了存在於仙境的「某樣東西」。

幼小的紅心皇后閉上眼睛：「對不起，真的對不起……」

她睜眼，氣場又為之一變。

整個法庭的空氣都凝結起來，冷滯的壓迫感充斥愛麗絲的大腦

仙境意志。愛麗絲知道是祂。

紅心女王、仙境意志開口，彷彿有無數人同時講話：「「「「「對不起，我愛

妳。」」」」」」」

「祢愛我，那為什麼還要做下這些？」

「「「「「「「我只是想留下妳，所有人都不想要妳離開。」」」」」」」

「「「「「「「我是仙境意志，我代表所有人的渴望、所有人的恐懼，我代表所有人的所有情感。」」」」」」」

「「「「「「「妳難道沒聽見嗎？大家都在拜託妳，留下來吧……」」」」」」」

「「「「「「「我們會改變，請別拋棄我們。」」」」」」」

她深吸一口氣，隨即仰天咆哮。

「「「「「「「然而妳拒絕了！！」」」」」」」

「「「「「「「所以我不得不這麼做！」」」」」」」

「「「「「「「此時、此地！」」」」」」」

「「「「「「「砍下妳的頭。」」」」」」」

「「「「「「「妳就會徹底成為我的一部分！妳會永遠陪在我們身邊！！」」」」」」」

她瘋狂地禪述，巨大的重疊音響徹，一遍又一遍地複述。

最終，隨紅心皇后一聲令下——

「砍下她的頭。」

一名無頭紙牌騎士出列，他靜靜地走到愛麗絲身邊、靜靜地抽刀、靜靜地瞄準愛麗絲的頸靜靜地，揮刀——

愛麗絲的頭被斬下，她咕嚕嚕地飛旋著、最終滾落地面，呈螺旋狀濺出的鮮血，漸漸染紅了那頭美麗的金髮……

拾伍章　游離2

愛麗絲睜開眼，這次她是在二姊的房裡。

她無法確定自己是不是死了。

她摸不到自己，卻能敏銳地感受周圍的事物。

伊迪絲坐在書桌前，憑藉昏暗的燈光執筆。愛麗絲的意識飄到紙面上，伊迪絲向來都是用草寫體書寫的，愛麗絲只能勉強辨認字跡。

……

……

小小的女孩到了法院，得出的結果讓人失望，小小的女孩終於受不了了，她決定反抗權威。

聽說他們是「愛」她的。

可權威中真的有「愛」嗎？

在生死存亡的命題中，大人真的值得相信嗎？

她拋棄的是虛幻、亦或是現實？

成熟是什麼？

小小的女孩才搞懂一件事，更多問號又接踵而來。

她無比地苦惱，但她發現了嗎？

所有問題都指向一句話——

「**我愛妳**」

小小的女孩得搞懂愛是什麼。

她在寫故事？愛麗絲只看清了其中一段，其他段落都是完全模糊的，甚至稱不上字的墨點。

伊迪絲停筆，嘆了口氣，便直接跳到床上，抱著枕頭睡了。

愛麗絲聽著伊迪絲細微的鼾聲，不知為何，她隱隱聽見對方在道晚安。

「晚安，伊迪絲。」愛麗絲道，她的意識又飄上天際。

俯視整個倫敦，這座城市的氣息依舊令人不安，皇家法院的外圍已經纏上了重重荊棘，使她無法進入。

她又感受到某樣東西，一股暖流沁入心扉，還帶著某種指向性。

目的地卻不在倫敦，愛麗絲循著那種感覺一路往西飛飄，她看見了無數異地，小鎮、荒野、山峰，最後她來到了海邊，心一橫飛越海洋，她脫離了本國。

明明飛了好遠好遠，她卻完全不覺得疲累。

這是夢嗎？愛麗絲感到腦中一片渾沌，只覺自己離目標已經不遠了。

夜晚的高空非常寒冷，風吹刮在無際的海面上，這一刻的寂闇空曠無限延伸，使她感到莫名地恐懼。

溫暖。

一股溫暖的感覺又進入愛麗絲的胸口。

她循著暖流飛騰，最終來到一間略顯昏暗的房間。

這是間男人的臥室，不包括愛麗絲，有兩個人在裡面。

其中一人是位女性，她有著波浪狀的金色長髮、略為下垂的眼弧與豐滿高挑的身材，與記憶中相同的是，她嘴角依然掛著暖暖的微笑。

宛如溫柔具現化般，黑暗中突現的光芒。

是勞琳娜！！愛麗絲差點喜極而泣，或許真的哭了，無形的她感覺不到自己是否有眼淚。

「勞琳娜！勞琳娜！妳知道嗎？我很想妳……」愛麗絲興奮地在她身邊繞圈、叫喚。可當她發現對方一點反應都沒，心一沉，胸口的歡喜馬上被濃重的失落感取代。

「勞琳娜……」

「妳什麼時候回家？」愛麗絲低吟，緩緩退到一邊，強壓下心中的感傷。看著她與另一名中年男子對峙，才發覺情況有點怪異。

勞琳娜右手上拿著鎗。

而那鎗口，正直指男人的眉心。

「放了我父親，我知道你有那個能耐。」勞琳娜笑道，把擊錘後拉，手鎗發出「喀」地一聲。

「等等，」男人穿著一身華麗的睡袍，微胖且禿頭的他還留著八字鬍：「我真的做不到，妳看，妳父親身在倫敦，我們可是在愛爾蘭呢。」

「不，以你的身分，只要寄一封信，就算隔著海峽也能改變審判的結果。」

「妳、妳既然知道我是誰，妳還敢來威脅？」

「威脅？不，」勞琳娜柔聲道：「我這是請求。」

「真希望妳能搞懂請求的意思……」

大姊把食指扣上扳機。

「嘿！」男人急道：「我不是要拒絕妳，我是說……妳不能殺我，因為只有我能救妳父親，而我也無法反抗，現在不就是個僵局嗎？」

「所以呢？」

「我們應該談談條件。」

「條件？」勞琳娜從大腿側抽出一柄匕首，左手一揚，匕首疾射而出，匕尖掠過男人的耳際，釘入後方牆上：「我這有個很好的條件。」

「只要聽我的，就不會受傷。」她抽出另一柄匕首。

男人一愣，表情倒沒多大變化，只說：「妳永遠都在微笑，笑著做事、笑著威脅，我真搞不懂，到底有什麼好笑的？」

「夠了，」勞琳娜瞇起眼：「你到底答不答應？」

「只要妳告訴我原因，妳到底在笑什麼？要知道，妳的笑容可有名了。」

「你真的想知道？」

「當然。」

「只要你知道了，你就會釋放父親？」

「可能吧，」男人說道：「只是寫一封信，沒什麼難的。」

「那好，我就說給你聽……」

勞琳娜走近，與男人四目相對，手上的鎗口直接抵住對方的額頭。

她抬高聲音、放緩語調，形成一種舒緩的聲線。

「我心中充滿著愛。」

「愛支持著我，愛能讓我做出任何事，愛能讓我勇往直前。你知道的，先生，當一個人的心中充滿愛意，那人將很難不露出笑容。」

「一直——一直——我的人生中充滿著這種感情，為了所愛之人，我可以付出所有，那怕是生命——自己的、或別人的。」

「懂了嗎？」

男人感受到額間的冰涼，心下驚悚，還是說道：「妳愛著誰呢？我知道，那不會是妳的父親。」

「是我妹妹，愛麗絲。」

愛麗絲聞言，整個人都感到暖暖的。自己最愛的大姊，她當然也愛著自己。

「我可憐的小妹，她因為父親的事飽受不安的折磨，都無法好好睡一覺，甚至還有些……精神恍惚？我得幫助她，只要父親回來了，她一定會很高興。」

「那真是偉大的姊妹愛，可不是嗎？」

「姊妹愛？」勞琳娜笑容更盛：「不，只是愛而已，不用更多贅述。」

「妳真是個**怪物**……」

「那不重要，現在更要緊的是你到底答不答應。」

「不答應會怎樣？」他問。

「你懂的。」勞琳娜把鎗口移到對方眼前。

「不不！剛剛也說過，妳不會殺我的，不如讓我多說幾句。」

「說吧。」

「妳一開始就自曝身分，那代表妳根本沒打算讓我活著，畢竟妳的工作是這樣，只要身分曝露了，那肯定吃不了兜著走……我能繼續說嗎？」男人見勞琳娜沉默，便當她是默許：「妳的打算只有讓我寫一封信，然後就殺了我，對吧？」

「你想太多了。」勞琳娜搖頭。

「我這兒有更好的辦法，」男人不管她的反應，逕自說道：「做妳這行的，應該多少會帶著『那個』吧？我可以跟妳買，妳知道的，我上一個貨源已經斷了，只要妳肯賣我，我當然就不會自找麻煩。」

「有了財源，妳就能給妳妹妹買好多禮物。」

「……」

「你是說『這個』？」勞琳娜從腰側的口袋掏出一個小玻璃瓶，裡面裝滿白色粉末。

「量還不少！」男人露出驚喜的笑容。

「我不會用它，所以就存著了。」

「妳開價多少？」男人問。

勞琳娜思考一陣，移開鎗口、在男人面前比了幾個數字。

「我目前手頭上沒那麼多款項，」男人露出懊惱的神情，又轉而陰笑：「不過，我這兒倒有個合適的抵押品。」

愛麗絲看見男人偷偷用右手輕敲身後的壁面，那裡露出了一個暗格，裡面金屬光澤閃動。

小心！！愛麗絲吼叫著想提醒勞琳娜，卻毫無作用。

男人從暗格拿出一把手鎗，直指勞琳娜的胸口。

她把鎗口移回男人的眉心。

「砰！！！」

一聲鎗響，愛麗絲還不及弄清事態的發展，眼前便只剩一個黑洞洞的鎗口，一股巨大的吸引力從裡面傳來。

轉瞬之間，愛麗絲便被吸進鎗口。

不知過了多久，可能是一年、也可能是一秒。當愛麗絲醒來，她馬上發現有件事很不對勁。自己還是沒有身體。

她飄浮在仙境的天空，望著不遠處的紅心堡，所有知覺都在告訴她——她已經死了。頭被砍下來，而後死去。

再也沒有現實，再也沒有正常的生活。

她又察覺自己的知覺與意識，正以極緩慢的速度變得模糊，就像要被融化掉一般！仙境意志正吞併著自己！

這是她最懼怕的事。以後會不會再也沒有愛麗絲了？

愛麗絲想立刻做點什麼，她左看右望，看見下方紅心堡外圍，有數以萬計的紙牌士兵，它們包圍著幾個人影。

是帽客、三月兔，與睡鼠。

格里芬怎麼不在？愛麗絲心念一動，意識來到茶會組身邊。

帽客拿著手杖一語不發，她用杖頭砸碎紙牌的腦袋，格擋利刃、用杖尖戳穿另一名紙牌的胸膛，杖身上的血液流淌，由底尖滴下。

面對千軍萬馬，帽客只是安靜地、殘忍地反擊，帶領三月兔與睡鼠嘗試突圍。

紙牌太多了，即使紙牌將軍的指令宛如兒戲，茶會組也拿它們沒有任何辦法。
失去身體的愛麗絲能清晰地感知他人的情感。
紙牌士兵們心中只是一片空白，偶爾伴隨刺耳的雜音。
三月兔無條件地相信帽客、相信她的朋友，樂觀地認為能擺脫險境。
睡鼠只有怠惰，與必需行動的無奈。
而帽客，深深地沉澱在無波的瞳仁中……那是一種散發光芒般的、既不熾熱也不寒冷，只如冬陽般溫暖的情感。
想守護一個人。
想支持一個人。
想要為一個人付出，而不求回報。
愛麗絲不明白那是什麼、她就是不明白……
「愛麗絲，」帽客低喃，目光轉向愛麗絲的意識：「妳在那裡嗎？」
帽客反手揮杖，戳瞎一名紙牌。
「我知道妳在看著。」
她把帽子丟出去，帽子爆炸，又有幾名紙牌被炸成碎片。她再戴上另一頂高帽：「我會幫助妳。」
「我會拯救妳。」

「所以愛麗絲，千萬不要害怕。」

再一次，帽客的身影與勞琳娜重合。

金色的長捲髮、溫柔的眼型——隨她的樣貌不停閃爍變換，帽客的形象愈來愈黯淡，而勞琳娜的身影卻愈來愈清晰。

最後，她穩穩地說道：「只要妳記得一件事，我將會勇往直前。」

我．永．遠．愛．妳。

她眼中的光輝閃耀著，閃耀著化作一道流光。

帽客變成了勞琳娜。

她身穿風衣，佇立於戰場中央。

一陣強風吹過，將她的聲音傳遍此地。

「很高興見到你們！」面對紙牌士兵的海洋，她臉上依舊掛著微笑。

就像變魔術，勞琳娜手上出現一頂黑色高禮帽，她又從高帽中掏出一把手鎗：「再見。」

「喀鏘——砰！」

拉下擊錘、扣動扳機。子彈飛旋而出，一連擊碎數名士兵的頭部，它們的身體癱軟倒下。

「砰砰砰砰砰——」

血花四濺，勞琳娜以右腳為圓心不斷轉身開槍，風衣翻飛間，火光與煙硝劃出一個又一個大圓，退出的彈殼閃耀金幣般的光芒。

上膛、瞄準、擊發、退彈，金黃的雨隨她的動作灑落。

紙牌士兵依然多得像潮水。

三月兔與睡鼠絲毫沒察覺到帽客的異樣，她們只是跟著勞琳娜衝殺，三月兔用腳踹穿士兵的心窩，睡鼠則用牙咬嚙、用尖銳的小爪刺入它們的眼球。

勞琳娜依舊在溫柔地笑著。

在裝彈時不慎被劃傷上臂，勞琳娜丟出一柄匕首，刺穿襲擊者的喉嚨。

上臂血流如注，勞琳娜迅速綁好止血帶，從腿側抽出另一把匕首，在手上慢悠悠地旋轉，她衝上前，甩出一片刀花。

紙牌隊長的頭掉了下來。

她開鎗，又有士兵躺下。

勞琳娜拿出那頂高帽，輕甩一下，更多帽子飛出，它們爆炸，卻仍無法阻擋士兵的步伐。

就像海浪。

它們不會因前方的消亡而停止。

一波接著一波上前，一波接著一波死去，鐵靴踐踏著彼此，不知疲憊的它們只是忠實地貫徹皇后——仙境的意志。

數量的暴力逐漸將茶會組逼進末路。

經歷彷彿無盡的惡戰，勞琳娜身上滿是傷痕，而三月兔的狀況更糟，她一邊的長耳被削掉，原本光潔的毛皮沾滿鮮血，醜陋地紮結起來。

「帽客，我知道妳是帽客！」三月兔對勞琳娜喊：「我永遠認得出朋友。」

「我的朋友，妳有茶嗎？我想喝阿薩姆！」

勞琳娜搖頭，伸手把帽簷壓低。

「是嗎？」三月兔仰頭望天，兩道淚水滑過臉頰，慘然的嗓音比平時更加沙啞：「好想再開一場茶會呀。」

「我要死了，帽子、老鼠，對不起！我不能陪妳們唱歌了。」

「掰掰……」

三月兔被紙牌隊長一劍刺穿心窩，化作一攤粉塵。

「我也累了、我想睡了，兔子，我們一起好嗎？」睡鼠已經渾身無力，她轉頭對大姊道：「帽子，對不起。」

睡鼠被紙牌將軍握在手裡，用力一捏，她也化為了粉塵。

愛麗絲愕然，她雖對仙境有著反感，但她們就這樣死去，仍令她難以接受。

忽然間，兩道身影出現在愛麗絲眼前，她們是半透明的。較大的身影對愛麗絲的意識揮揮手，打了個招呼。

愛麗絲看得清楚，那是剛剛逝去的三月兔和睡鼠。

「愛麗絲，以後再一起玩吧！」三月兔的虛影緩緩上升，露出燦爛的笑靨，便如泡沫般淡化、破裂，最後消失。

「我累了，先去休息，好嗎？」睡鼠的虛影脫下睡帽，對愛麗絲行了個禮，也跟著消逝。

愛麗絲完全呆住了，難以言喻的空虛、炙熱感湧上心頭。

她還沒體驗過如此複雜的感情。

三月兔死了。

睡鼠死了。

那接下來呢？

她把目光移向勞琳娜。

對方依然微笑，單膝跪地的她身形閃爍，不時轉為面無表情的帽客，她氣喘吁吁，試圖用手杖支拄自己重新站立。

四周的紙牌往前邁進，隨震地的腳步聲一波波響起，包圍圈的半徑愈來愈小。

愛麗絲的意識也愈來愈模糊，她有一半的視野墮入黑暗。

不會的……帽客、勞琳娜，事情不該是這樣的。

勞琳娜就是光芒，即使那只是現實在仙境的投影。

該怎麼做？

能救她嗎？

愛麗絲焦急地想，意念掀起四周的空氣、造成一片劇烈波動，心猛地一跳，她意識到了某件事情。

她的意識有大半都被仙境吞噬，她已是仙境意志的一部分！

愛麗絲覺得自己快要什麼也不剩了，她心念一動，遂出現在勞琳娜身邊。

愛麗絲的意識面對紅心皇后的龐大軍隊，大喊——

「全！部！都！讓！開！！！」

只見它們跨開整齊的步伐，紙牌士兵讓開了。為什麼自己之前沒發現呢？愛麗絲有些內疚，三月兔與睡鼠本有機會得救的。

無論如何，有了這個轉變，事情頓時顯得容易許多，勞琳娜變回了帽客，她很清楚自己的目的地，也不管身上傷痕累累，便拔腿狂奔。

她跑過紙牌之海讓出的道路，如摩西分開紅海。

跑進大門，轉過充滿煤氣與油汙的街道，帽客不小心跌倒了，還是強撐著爬起，繼續前進。

然後她接近了皇家庭院。

創世者持染血巨刃而來，無功而返，唯時間巨人之友戴帽者來此，方能換取報酬。愛麗絲莫名想起巨大心臟下的銘文，在模糊的意識中，她覺得帽客應該也曉得這個謎語。

或許她只是想緬懷朋友，誰知道呢？

隨帽客再次來到皇家庭院，她跑到那顆巨大乾枯的心臟前，仰望著一束黯淡天光，艱難地拔起定在台座上的刻盤，它太重了，讓帽客直接趴倒在地，身上受的傷又迸出血來。

帽客悶哼一聲，愛麗絲能直接感受到她身心的痛苦。

她掙扎著爬起，吐出一口血沫，這位穿紳士服的女性仍面無表情。

「……」再也沒有伴唱，帽客顫抖著身子，把目光放在乾枯的心臟上，她輕輕地，唱起了禱詞。

茶會……

好想再開一場茶會。

但朋友們都不在了。

該怎麼做？

喚回過去的時光。

你是時光。

你唱唱跳跳，卻從不走回頭路。

來一杯茶。

來一杯好茶，你會通融？

不行？

就這一次，好嗎？

就這一次，喚回你自己。

喚回那些已經逝去的。
歎，我的朋友。
我最最要好的朋友……
我以頭上的帽子起誓。
我會付出代價。
請你拯救你能拯救的。

帽客邊唱邊用雙手平舉刻盤，用有血跡的那面靠近心臟。血跡碰到心臟，忽然蔓延至整把刀身，當刻盤完全變成紅色，無堅不摧的它竟開始軟化、最終變成液態。

乾枯的心臟開始抖動，產生莫名的吸力，那些液體瞬間注入其中。心臟顫動得愈加劇烈，其下的鋼鐵台座也承受不住、逐漸產生裂紋。半响過後，有了自身血液的灌注，歎的心臟再也不復乾枯。

「怦怦、」

「怦怦、」

「怦怦、」

「怦怦、」

龐大心臟轉以充滿韻律的節奏跳動，伴隨異樣的嗡鳴聲，它表面開始溢出光澤，濃烈的生命氣息傳遍整個紅心堡。

光。

耀眼而神祕的光。

一道波動掀開鐵棘製的房頂，沖天的光柱自平地而起、貫穿紅心堡汙濁的天空。屬於茶會組的夕陽嶄露，下午六點，黃昏時刻最適合與朋友同樂。

歡的心臟依然在光柱中跳動，逐漸升高。

跟著心跳，時間開始流動。

雲層以不可置信的速度變化，夕陽下沉，黃昏進入了黑夜；月亮東升西落，黑夜又成了白日。一次又一次，週期的時間愈來愈短，隨時光變化，仙境各地又有數道光柱暴起。

安置巨人頭的山谷。

公爵夫人的領地。

曾經的白王國。

汙濁的海洋。

棋國王沉睡的森林。

……

……

歎四散的身體所在地都出現光柱，那些光束逐漸向紅心堡——心臟所在地彎曲，當它們匯集到了一起，紅心堡的天空頓時一片光明。

光芒暴閃，空蕩卻瞬息萬變的世界裡，最後呈現於帽客與愛麗絲眼前的，是由光構成的龐大人形。

紅心的受害者、偉大存在、戴帽者之友、時間巨人。

歎再一次，站立於帽客眼前。

看著那宏偉的身影，愛麗絲的意識澈底消散。

拾陸章　游離3

「我的摯友啊，真是好久不見，」歎的聲音厚重且帶有一絲蒼涼，他蹲下，光是腳掌厚度就比三個帽客還高：「妳的帽子還是這麼有品味。」

「歎，我需要你的幫助。」帽客抬頭，她得踮著腳尖、把脖子仰成直角才能對上歎的目光。歎瞪大眼睛，在他無五官的臉部下方，有條黑色的線逐漸外擴、微微向上形成笑容的弧線。

「我很樂意幫助妳——但不是現在，我們可以喝杯茶、敘敘舊，我們很久沒聊過天了。」

「別以為我不知道，」帽客搖搖頭，眼瞳裡透著悲傷：「你已經死了，你的頭被砍下，你的身體、內臟分散各處。我的朋友，現在的你只不過是生前的倒影。」

「你無法『活』得很久，甚至連一場茶會都開不完，你就會永遠離開。」

「或許吧，」歎吐出一口長氣：「關於三月兔與睡鼠，我很遺憾。」

「我們再也沒有朋友了，對吧？」

「歎，然後再過一段時間，你也會消失。」

「那就只剩下我了，」帽客道：「我無法獨自一人開茶會。」

「時間不會等人，帽子小姐。」

「但是你會。」

「我就是時間。」

「所以呢？」帽客聳肩：「我很久沒有說這麼多話了，我會說，只因為我們是朋友，我也知道你能做到——把時間撥回去吧，然後我們可以再開一場茶會，你想喝什麼？肯亞紅茶？」

「妳還記得？」

「我照顧每個茶友。」

「但是她們——我們都死了。」

「真讓人心碎……可不是嗎？」帽客癱坐下來，她把帽簷壓得很低：「聽著，我不想繞圈，你可以把她們帶回來，對吧？」

「我卻帶不回我自己，而且就和妳說的一樣，我只是生前的倒影，我很想幫忙，但現在的我沒有那種力量。」

「我會付出代價。」帽客盯著對方，深幽的瞳孔裡微光閃爍。

「……⁉」歎臉部下方的黑線條猛然消失，舉而代之的是一張真正的嘴，他咬牙切齒：「妳知道妳在說什麼嗎？」

他站起，偉岸的身形貫穿天地：「妳想傷害自己，甚至，妳會殺了妳自己！」歎的言語如夜半鐘聲，在腦海中迴盪衝撞。

「所以呢？」帽客冰冷平滑的語氣顯然激怒了對方：「我不後悔，從不。」

「即使朋友們都死光了？」

帽客點頭。

「這到底是為了什麼？」

「你認為呢？」帽客反問：「你知道所有事情。」

「是愛麗絲？可她已經死了！」

「你可以復活她，我願意犧牲。」

歎瞪眼，倒抽一口氣，說道：「妳要我用朋友的命，去回溯造物主的時間？要知道，她根本就不在意我們，我們的現實只是她無關緊要的夢境。她的內心毫無慈悲、也從不在意角色的死活，到時仙境的一切都會毀滅，那將比皇后掌權還糟！」

「就讓她這樣吧、讓她融在仙境意志裡，這樣她無時無刻都會在我們身邊，妳還不滿足嗎？」

「放下這個想法，我還可以帶回三月兔和睡鼠，妳們能再開無數場茶會。」

「但那茶會裡不再有你、也不會有愛麗絲，」帽客用力搖頭：「我必須支持她。」

「我不懂，妳寧願拋棄朋友，也要使她復活？」

歎巨大的身軀後退幾步，踩碎幾棟樓房。

「是的。」帽客堅定地望著他。

「為什麼？」

面對歎的質問，她僅是靜靜地，撫上心口。

「因為我心中充滿著**愛**。」

一陣沉默。

「這是什麼意思？」歎怔怔地開口：「是友愛嗎？」

帽客搖頭。

「是親情嗎？」

帽客呆了一下，還是搖頭。

「是……戀愛嗎？」

「不，」帽客道：「就只是愛而已，無須贅述。」

她說著，眼眸微瞇，嘴角勾起一道弧線，平靜的臉上綻放艷麗的笑容，溫暖、和煦得宛若冬日陽光。

帽客又發出笑聲，如銀鈴般，清澈而開朗的笑聲。

歎愣住了，他看著好友的笑臉，無奈道：「好吧，我會支持朋友。」歎閉上眼長噓了一口氣，急速變化的天空速度減緩，慢慢地，太陽東昇西落，新月高懸，時間停滯在了深夜。

時間巨人渾身發光，在夜裡顯得異常刺眼，他揮揮手，地下開始震動，發出嗚嗚的地鳴。

劈啪聲響起，地面逐漸龜裂，由一個源頭擴張，形成蜘蛛網狀的裂痕。

靛藍的夜空，此時卻被地表裂縫透出的光，染得一片通紅。

帽客身後一步的地面裂開，猙獰的裂口透出炎炎熱氣、熾熱火舌向上噴發——這口彷彿通往地獄的深谷，其底部是整片白熾的岩漿池。

「妳有兩個選擇，往後一步，妳的生命將換回創世者，」繼續說著，歎的語氣帶著懇求：「往前一步，妳的朋友會回來，茶會還能存續下去。」

「歎，」帽客依然笑道：「我想告訴你一件事。」

「是什麼？」

「愛麗絲還是個孩子，而我，去支持一個孩子，這不是正確的嗎？」

「我、整個仙境都是愛麗絲創造的，她可說是長輩……而去遵循長輩的意願，不是我們該做的嗎？」

「為了成熟。」她脫帽致意，後退一步。

足底傳來落空的觸感，視野便轉向紅色的夜空

帽客墜落。

……

……

歎只是全程看著。

看她笑著被岩漿吞噬，直到最後一刻。

時間巨人搖搖頭，時空一閃，也消失了。

整個仙境都昏昏沉沉的。

仙境開始搞不清楚，究竟祂是愛麗絲、或愛麗絲是祂。

「怎麼回事？」紅心皇后高座於王位，閉上眼，靜靜地感受仙境意識。

愛麗絲已經飄散在整個仙境裡，每個仙境住民心底都有她的存在。

可以和愛麗絲永遠在一起了。

不用害怕被拋下了。仙境意志裡透出這些信息，皇后也同意祂。

忽然間，皇后的心中閃過強烈的不安。

她看見一道光柱，從自己的庭院中爆起、直衝雲霄。

之後還有一些無以言喻的變化，那個巨人、那個曾被自己殺死的巨人，再次站立。

然後過不久又消失了。

隨一道波動傳遍整個仙境，紅心皇后自王座上站起，用權杖往地上一掂，震動宮殿的地面。

「怎麼會⁉」

「是不是⁉」

「為何⁉」

「哪裡⁉」

「是誰⁉」

「什麼⁉」

皇后猛然暴怒，她原地轉圈、嘶吼著每一個她能想到的疑問辭。幼小的身體裡蘊含無盡的情緒。

愛麗絲不見了!?

她無法再從仙境意志裡感受到愛麗絲。

紅心皇后立刻走到放在別殿中央，為愛麗絲準備的棺材旁，她掀開棺蓋，馬上倒抽一口氣。

愛麗絲的頭被砍下，皇后為她準備了鋼鐵澆鑄的身軀，把愛麗絲的頭覆上銅皮，接在鋼製身體上，這就是紅心堡式的厚葬。

然而愛麗絲的頭不見了，棺槨中只留下鋼鐵的軀體。

愛麗絲呢？

「噠、噠、噠、噠、」

突然出現的腳步聲，令紅心皇后感到背脊發寒。

她轉頭，看見了那個身影。

來人從陰影中走出，她穿著最初的藍色小洋裝與白圍裙，碧藍色的眼瞳，及腰的金髮、平直的瀏海，她看起來就像成長後的皇后。

愛麗絲站立於皇后跟前，笑道：「妳好。」

「妳復活了？怎麼會？我不允許！！」紅心皇后直覺到愛麗絲有什麼不對勁，退後兩步。

愛麗絲走近，無聲無息地來到皇后面前，張開雙臂：「抱一個吧。」

那是神靈的話語，即使是紅心的統治者也無法抗拒。

皇后迎上，倆人抱在了一起。

「再見。」愛麗絲手裡出現一把短劍，刺進紅心皇后的後心。

「噗嘶」鮮血飛濺。

皇后倒下，幼小的面容上滿是不可置信：「為什麼？」

「我愛妳……」皇后在血泊中呻吟，卻無法再次爬起：「我愛著妳呀！」

「我知道，」愛麗絲語氣顫抖：「我是知道的……愛是什麼。」她把別在胸口的玫瑰摘下，留給紅心皇后，便從這個宮殿離開。

皇后有一個專門存放點心的地方，愛麗絲手執短劍，砍了守門的士兵，在那一櫃櫃點心中翻找。

藍梅派，上面用果醬寫著「吃我」。

愛麗絲一大口一大口，把那和臉一樣大的派全吃進肚裡。

她的視野急速拔高，愛麗絲的身形變得巨大無比，她快看不見自己的腳了。

她跺腳，紅心堡的宮殿變成一座廢墟。

她行走著，踩死無數居民，忽然數聲爆響，幾顆砲彈朝她飛去。

愛麗絲吃痛，一揮手，那些砲台即便倒塌。

隆隆的腳步聲震動仙境的大地，鋼鐵城牆在她面前如積木般被摧毀，愛麗絲再踢踢腿，煙囪、支架、工廠相繼倒下。

「愛麗絲，不要！」一個稚嫩的聲音傳來，愛麗絲看見腳邊有個螞蟻般渺小的身影，是白兔小姐：「妳在做什麼？」

「是妳帶我來仙境的，那是好久以前的事了，我會記得妳和妳的兔子洞。」愛麗絲一腳踩下，白兔小姐化為一灘肉泥。

紙牌士兵包圍了愛麗絲，她用腳踩扁一群紙牌、用手拍打，皇后的紙牌軍團不堪一擊。

她來到槌球場，那些火烈鳥與刺蝟一看到她就逃，愛麗絲直接將其夷為平地。

「我長大了！」愛麗絲叫道。

「我會離開、我必須離開！！」

「我其實好愛好愛妳們，但我得成熟起來！」

愛麗絲喊著，淚水劃過她的雙頰。

「這裡必須被毀滅！我只想回到現實、回到我溫暖的家，」愛麗絲說到「溫暖的家」時，遲疑了一下，又道：「沒人能永遠停在過去。」

「嘿，冷靜點，大傢伙，」柴俊貓出現在她眼前：「妳冷血了好多，怎麼了？愛麗絲，妳的朋友都去哪了？」

「死了、全死了，」愛麗絲道：「帽客，是她讓我復活的，我好想和她說聲對不起，但……她支持我，所以我得去做！」

愛麗絲哭得更用力了，她的眼淚淹沒仙境的土壤、洗去工業的油汙：「讓我像孩子一樣哭吧，這可能是最後一次了。」

「孩子，妳得再好好想想，這是為了妳好……不！」柴俊貓來不及淡化身形，便被愛麗絲一把捏死。

「哈！我是為了我自己好。」愛麗絲高高跳起、重重落下，山峰就變成了隕石坑，衝擊吹散漫天的霧霾。

「智者不應衝動，愛麗絲，」蝴蝶從附近的樹叢中飛出：「但這是妳的決定……妳會做決定，這代表妳不愚蠢。」

「妳應該等等，」蝴蝶看見愛麗絲一巴掌搧來，道：「我想再抽一口菸。」

她吐出一個又一個煙圈，最後把自己也吐出去了，蝴蝶的煙霧消散在愛麗絲眼前。

「……」愛麗絲繼續行進，她在尋找空洞巨龍的蹤跡。

空洞巨龍擁有難以置信的恐怖力量，整個天空都是牠的所有物，只要牠想，沒人找得到牠。

除了同樣屬於天空的生物。空洞巨龍對天空抱有非常強烈的領地意識，如果有個強大的飛行野獸出現在這附近，牠一定會現身。

愛麗絲深吸一口氣，把兩手的小指靠成倒V字放進嘴裡，一吹，尖銳的哨音響徹。

「嗶——」

「啊——吪——」介於鷹鳴與獸吼之間的叫聲從遠處傳來，一瞬間又變得很近：「愛麗絲，怎麼了？妳哭了嗎？」

「才沒有，」愛麗絲瞪著眼前的格里芬，很快地抹了抹眼角，道：「你之前都到哪去了？」

「帽客讓我去尋找空洞巨龍，她讓我支持妳，」格里芬看了眼愛麗絲的身形與四周狀況，又說：「這可能不是什麼好主意……但我相信帽客，她的話很少，卻總是充滿說服力。」

緊隨這句話，是空洞巨龍帶有厚重金屬感的沉鳴。

「愛麗絲，最後，她讓我帶一句話，」格里芬道：「做妳自己想做的，愛麗絲。」

剛說完，格里芬就消失在空洞巨龍嘴裡。

「……」

愛麗絲閉上眼睛，再睜開：「終於見到你了。」

不是黑色，也不是白色，那是超越人智、萬千色彩與虛空的組合，牠長長的脖子、銳利的爪牙，甚至是細長的鬍鬚都蘊含怪誕偉力。巨龍的眼睛真的是一個空洞，那褻瀆般的森寒，令愛麗絲感覺到極大壓力。

空洞巨龍開口，牠的話語就像無數未知語言同時響起、且帶有惡臭，但不知為何，愛麗絲就是聽得懂。

「✌●♓♍♏🖫 ⍓□◆⬩♋■♎ ◆□ ♎♏⬩◆❒□⍓ ♋●● ◆♒♓⬩ ◆♒♓■♑🖫 ❒♓♑♒◆✍

（愛麗絲，妳想摧毀所有，對嗎？）」

「是，我希望你能助我一臂之力。」

「☺◆⬩◆ □■♏ ♒♋■♎✍ 🖐 ♍♋■ ●♏■♎ ⍓□◆ □■♏ ◆♒□◆⬩♋■♎ ♒♋■♎⬩✎

（只要一臂？我可以借妳一千隻手臂！）」空洞巨龍又在身上長出千隻臂爪，牠發出大笑：「👍♒♋□⬧🖉 ☜❍◻⧫♓■♏⬧⬧🖉 ✋⧫'⬧ ❍♏📪 ☺♋♌♌♏❒⬥□♍🙵⍓📬（混亂！空虛！這就是我，空洞巨龍。）」

「✡□◆ ♒♋❖♏ ■□ ♍♒□♓♍♏ ♌◆⧫ ❍♏📪 ❍♋🙵♏ ⧫♒♏ ♎♏♍♓⬧♓□■ 🙰◆⬧⧫ ●♓🙵♏ ⍓□◆ 🙵♓●●♏♎ ⧫♒♏❍ ♌♏♐□❒♏📬（除了我，你沒有其他選擇。做出這個決定，就如之前妳殺了他們。」

「🏳❒ ⍓□◆ ♒♋❖♏ ❒♏♑❒♏⧫ ♓⧫✍（或者妳後悔了？）」

「我沒有後悔的餘地。」

「💧♒♋🙵♏ ❍⍓ ♒♋■♎📪 🙵♓♎📬（和我握手，孩子。）」靜默了一會，巨龍伸出一隻手爪，道：「✋ 🙵■□⬥📪 ⬥♏ ♒♋❖♏ ⧫♒♏ ⬧♋❍♏ ♑□♋●📪 ♌◆⧫ ♒□⬥✍（我知道我們有相同的目的，但要怎麼做？）」

「載我去棋國王沉睡的森林。」藍莓派的效力無法持續太久，愛麗絲的身體節節變小、縮回原本的尺寸。她伸手握住龍爪尖端：「整個仙境將回歸你摯愛的混沌。」

一瞬間，空洞巨龍的嘴角扯出邪惡扭曲的弧線。

「👎□■♏🖉 ☠□⬥📪 ⍓□◆ ♋❒♏ ❍⍓ ♌♏⬧⧫ ♐❒♓♏■♎📬（成交！現在，妳是我最好的朋友。）」

空洞巨龍伏下身體，牠每片鱗片都如手盾般巨大，愛麗絲踩著棘刺爬上牠的背，找了個較平滑的地方窩著。

巨龍拍動翅膀，掀起一陣風暴，牠昂首嚎叫，汙穢的波動使天空又蒙上一層暗影。

空洞巨龍開始飛行的瞬間，愛麗絲感受到龐大壓力，四周空氣都在撕扯著她，她得緊抓巨龍的鬃毛才能避免掉落。

空間、時間，在空洞巨龍的背上似乎不存在那些。無數景物閃過，它們的形體莫名扭曲。

巨龍忽然停了下來，愛麗絲的腦袋撞在堅硬的鱗片上。

「噢！」愛麗絲叫，立起身子看向前方：「怎麼了？」

空洞巨龍微微壓低身形，死盯著眼前的身影，渾身散發混濁的敵意。

擋在前方的人有著黑髮黑瞳、與愛麗絲幾乎相同的面貌，與更加年幼的體型。

「⁉」

紅心皇后手持權杖，高坐於漂浮的皇位上，孤身擋在巨龍與愛麗絲眼前。與她幼小身軀相反的、狂怒的氣勢席捲開來。

愛麗絲揉揉眼睛，問：「妳還活著？」

「妳都能復活了，為什麼我不行？」皇后說道：「別忘了，仙境意志還在我這。」

「看起來不完全是那樣。」愛麗絲仔細觀察對方。

紅心皇后身上還插著一柄短劍，血液流下，她本人卻似毫不在意：「如果讓妳們過去了，仙境將會毀滅——到時我該統治什麼？」

「妳從來就不是好的統治者。」愛麗絲說。

「我能隨意砍下他們的頭，」皇后瞪著愛麗絲：「但妳，沒有那個權力！」

空洞巨龍低吼，紅心皇后和牠比起來就像一隻蟲子：「☟□■’ ◆♑♏◆ ♍□♍&⊠☝ ✋ &■□⬥🖰 ⊠□◆ ♋□♏ ♋⬂□♋♓♎ □⬂ ○♏✎（不要自大，我知道妳怕我！）」

「才不！」皇后揮手，一道道鐵鍊出現，纏在空洞巨龍身上。

巨龍吐出火焰燒灼鐵鍊，鐵鍊斷開，皇后又揮動權杖擋下牠的爪擊。卻還是被拍飛、撞入遠處山壁。

「我不怕你！！」皇后大叫，她身底下的皇座出現裂痕，隨後粉碎，灑落於仙境的大地。蒸氣、鋼鐵支架、黃銅、水銀池、煙囪、煤礦由地上升起，它們互相纏繞擠壓，在紅心皇后周遭，逐漸構成異樣的形體。

以皇后為中心架構，以水銀為血液、鋼鐵為骨骼、黃銅為肌肉、錫箔為皮膚，煤礦、煙囪與工廠則為她的內臟。與巨龍同樣龐大的身影佇立，她吐出一口蒸氣，熾熱高溫瀰漫。

隨一聲金屬摩擦、嗡鳴般的吼叫，土地震盪，更多糾結著的金屬結構被吸引，貼附到異形身上。

紅色的雙眼、金屬堆疊的女性身軀，沒有下半身，取而代之的是無數鋼架與地面交錯連接，如長裙內架般高高支起毀滅性的重量。

那是工業的巨人。

整個仙境意志催生出的怪物。

「我不會讓妳毀掉這裡。

毀掉這個我們生活的世界，

擊敗你們，空洞巨龍、愛麗絲……

仙境將會永存！」

我將永存！！！」

巨人的紅眼流出燒紅的鐵液，滴落地面燃起熊熊大火。

天空昏暗、大地破碎，被煤煙薰染的事物紛紛鏽蝕。兩幢巨影於火光中對立，這幾乎是世界的終結。

鐵巨人首先動作，她對空洞巨龍揮出一拳——

「碰！！」

巨龍舉爪相迎，暴風吹飛周圍所有事物。

包括愛麗絲。

「呀！」愛麗絲被沖擊炸到天上，她正要掉落，此時他們又對了一拳，愛麗絲再次被掀上天，空氣摩擦得肌膚隱隱作痛。

金屬與鱗片的撞擊聲、龍吼與機械運作的轟鳴回響不絕，其他的聲音都被模糊了，耳中只剩嗡嗡的鳴響。

空洞巨龍腦袋上挨了一記，牠痛吼著撲上，巨口咬噬鐵巨人的上臂，火花如瀑布般爆出、水銀流洩間，巨人的左臂便被整個撕下。

巨龍甩頭，口中的金屬手臂飛出老遠、重重摔到地上，衝力把一座小丘砸成平地，斷面纜線迸出的電火花點燃整片草皮。

「徒勞的！」

地下冒出更多金屬構件，飛快地聚集到鐵巨人肩部，形成新的手臂。鐵巨人再揮出一拳，擊打在巨龍的腹部，牠被打得浮空起來。

「吼！！」空洞巨龍咆哮著拍動翅膀，牠升上天空，口中吐出熾熱龍炎，兇猛的火舌朝鐵巨人噬去。

見此，鐵巨人的腕部裂開，露出一個煙囪似的結構，鐵漿噴湧而出，燒毀本身結構的同時迎上火焰。兩者抵銷，只在地上留下仍熾熱的鐵塊與晶化土壤。

「我說徒勞！」似哭似笑的金屬疊音響起，鐵巨人身下湧出一片熔岩。

「碰碰碰碰碰碰──」只見巨人身上，無數炮口由鐵架縫隙間伸出，砲聲隆隆、硝煙升起，鐵與火藥的砲彈轟在巨龍身上，撕裂牠的鱗甲與翅膜。

空洞巨龍落地，身形模糊了一瞬，又恢復如初。

沒完沒了！愛麗絲重複著掉落與被炸上天的過程，看著兩者戰況，她很快做出行動。

這次空洞巨龍與鐵巨人相互盯梢，暫時沒有動作，愛麗絲掉在鐵巨人身上，幾束鋼纜緩和了她所受的衝擊。

愛麗絲起身，她現在落在鐵巨人的裙架上部，努力在動盪的金屬上保持平衡，攀住細小的銅架與纜線往上爬。

仙境必須毀滅。

愛麗絲咬牙，往上一跳，她攀住更上方的鐵架，錫紙銳利的邊緣割傷她的腳踝。

這再也不只是成熟與幼稚的問題了。

如果這裡真的是兩個世界。

她懸住纜線，此時巨人與巨龍相互衝撞，愛麗絲搖搖欲墜。

如果兩個世界真的無法相容。

那麼……

愛麗絲弓起身子，倏然反仰，藉機盪到另一條纜繩，旋身再落到附近銅架上。

那麼就一定要……

鐵巨人體內滲出的水銀與一些不知名液體，有部分附著在支架上，愛麗絲手握上去，馬上發出茲茲的灼燒聲。她咬得牙齦出血，一聲不吭地繼續上爬。

一定、一定要做出抉擇！

過了一會，愛麗絲已抵達鐵巨人的腰部，這時空洞巨龍一頭撞來，她翻身到結構內側。雖避免直接碰撞，但餘下的衝擊還是讓她重重嗑上鋼板。

意識一陣模糊，她連疼痛都感覺不到，伸手往額角摸去，滿手的鮮血令愛麗絲苦笑不已。

她爬起身，幾乎失焦的瞳孔還是繼續仰望——鐵巨人的胸口，愛麗絲知道皇后就在那裡。

父親、勞琳娜、伊迪絲、艾瑪、道奇森叔叔……

我們會再次相見。

她看準時機，趁鐵巨人把手擋在腹部時，用力一跳，愛麗絲整個人吊在鐵巨人右小指的關節處。

關節轉動，愛麗絲差點被捲進縫隙，她的裙襬被撕裂一大塊。同時空洞巨龍也一爪轟上巨人的小臂，傳來的震盪令愛麗絲胃部翻攪。

「啊！」鐵巨人右手上抬，龐大的離心力幾乎將她撕成兩半，閃電般的劇痛刺入大腦，愛麗絲鬆手，落在巨人鋼鐵的鎖骨上。

接近了。她現在只能用爬得移動，幾乎不能呼吸，她想自己的內臟肯定亂成一團了。

胃裡長著心臟，肝臟也是脾臟，多麼滑稽！

愛麗絲喉頭一甜，黏膩的觸感自體內湧出，她吐了一地——自口中「啪噠啪噠」地落下，全是發紫的血塊。

愛麗絲趴著，望向下方隱隱透出的內部結構，她一用力，整個人便從鐵巨人胸甲的縫隙滾落，直達她的胸腔內側。

「就是這裡……」四周都是鋼鐵與纜線構成血肉似的構造，愛麗絲落在鐵巨人體內的小腔室內，黃銅蠕動，她扶著堅固的鋼骨站起，凝視眼前的景象。

紅心。

鮮紅的管線連接著那顆兩人高的心臟，心臟博動，發出熔岩般的光芒，其中隱隱透出人影，愛麗絲想紅心皇后就在裡面。

該結束了。

就是現在，了結仙境給創世者最後的阻礙。

自己將真正成為毀壞世界的元凶。

愛麗絲一蹶一拐地走近心臟，手上出現一把短劍。

兩道淚水滑下她的臉頰，愛麗絲輕笑出聲：「對不起。」

「我愛妳，愛這裡的每一個人。」

她高舉短劍，劍尖落下，刺進鐵巨人的心臟。

終章　再見

鐵巨人發出撕裂耳膜的尖嘯，她的身體逐漸崩潰，外層的錫箔化為碎屑掉落，裡頭縱橫糾結的黃銅、鋼筋架構露出，也很快地斷裂，一段段金屬纖維從她全身上下垂落。

那雙紅眼噴出更多鐵漿，巨人的臉部絕望地融化，裙架崩碎了一大塊，這使整個人體都傾斜向一邊。

「不——！！」

「我只是想保護這裡、統治這裡！」

鐵巨人的手掌也剝蝕得只剩鋼骨，那雙骨爪向天胡亂揮動：「愛麗絲，為什麼不留下來？」

「妳可以不去管倫敦，我可以不殺妳，妳會在這活得很好、很好。」

「愛麗絲……妳在哪裡？」

鐵巨人扭轉全身，揮開空洞巨龍又一次的攻擊：「我命令妳！到我的面前來！！」

「我命令妳！

到我眼前。

我命令……

我，以紅心之名……

命令……

「愛麗絲……」

她的聲音愈來愈小，巨人的身軀幾乎崩潰，叮叮咚咚地灑落一堆廢鐵，支撐那巨體的裙架盡數斷裂，她趴砸在地，揚起一片塵土。

鐵巨人不動了。

過了小段時間，愛麗絲從鐵巨人體內爬出，她抹去淚水，看了眼空洞巨龍：「走吧，到棋國王那裡。」

「⌖♋♓◆♋○♓■◆◆♏👌（等一下。）」空洞巨龍上前，牠緩緩升空，口中似有火光透出。轟地，融化鋼鐵的烈焰噴發，鐵巨人的身體逐漸發紅、軟化，有部分開始化為鐵水。

異變陡生——

「嘎吱吱吱——」令人牙酸的聲音傳入耳中，只剩鋼骨與胸腔的鐵巨人以脊椎拍地、猛然爆起，撲向天上的空洞巨龍。

她沉重的半身騰空而起，用難以置信的力量與速度把對方撲落地面。鐵巨人緊抱巨龍的身體，被龍炎灼燒的金屬已是半液態，無比的高溫燒穿牠的鱗片，灼炙牠的肌肉與內臟。

空洞巨龍慘嚎、掙扎著卻也無濟於事，最後也融化成一灘血水，只剩一顆龍頭橫在原地。

兩個巨物同歸於盡。愛麗絲看著這一切，深吸了口氣。

捏緊小小的拳頭，雙肩顫抖。愈接近終末，愛麗絲心中就愈是充滿決意。

風不再流動、聲音不再傳遞，凝滯的空氣壓下。工業與生機一同消失無蹤，於是整個仙境歸於死寂。

沒有代步工具了。愛麗絲穿越凝固的鐵液與屍水，走到空洞巨龍的頭顱前，伸手往龍角上一碰，仙境意志已無力阻擋，真正造物主的力量發揮，碩大的龍頭變成一支金喇叭。

仰望天空，沒有雲朵、沒有星月太陽，只剩一片灰暗的藍。

愛麗絲把喇叭束在腰後，一步一步地行走。

她試著創造一點東西。小時候自己在仙境裡，曾見過一些奇異的景象。

會說話的花，能寫字的河流，羊毛氈與針線織成的小船。

那些沒被道奇森叔叔寫進書裡的奇妙事物，愛麗絲手一揮，花朵、河流、小船相繼出現，但它們不會說話、不會寫字，更不是織物。

愛麗絲走過的地方即便塌陷，她視線所不及的地方都化為混沌的粉塵。

沒有任何人來到。

沒有提示、沒有互動，她只是朝棋國王沉睡的森林走去。

腳磨破皮，喉嚨乾渴就像要冒煙，愛麗絲不管那些，只如虔誠的朝拜者般邁步向前。

仙境的地區時刻在變換著，她知道棋國王就在最遙遠的一端。

她來到了白王國覆滅的戰場，那裡僅有一片荒蕪。愛麗絲造出一頂白銀的皇冠，把它放在地上，即便離去。

走到連續的鋼索與懸崖邊，愛麗絲彈了個響指，鋼索變成了寬敞的石鋪大道。

然後她遇見了海，手一揮，一艘小舟出現，她划著槳渡過海洋。

走到白王國城內，愛麗絲漫步進當時茶會組來過的店，她泡了一杯大吉嶺、一杯阿薩姆、一杯錫蘭，與一杯肯亞紅茶，順便也為自己準備了點心。

輕哼著短曲，她把茶各喝了半杯、吃完所有茶點，然後把剩下的茶全部灑在空中。

愛麗絲在黑白的路中央躺下半天，恢復了疲勞，就繼續趕路。

她來到伯爵夫人白色空間裡的大屋，走到後門，手往門檻處一指，一個搖籃出現，裡面放著小豬造型的布娃娃。

繼續走著，愛麗絲來到曾安置歎之頭顱的峽谷。

時間巨人已然消逝，頭顱也不存在了，峽谷因此沒有了瀑布與水流。當初的繩索還垂在那裡，愛麗絲爬上開茶會的石平台，仰望晦暗的天空。

愛麗絲閉眼，再睜眼，那裡又是一片黃昏景象。

又一眨眼，夕陽消失了，一切回歸原貌。

一路走著，她終於來到棋國王沉睡的森林，在此之前，愛麗絲去了叮噹姊妹的小屋，她在每一件條紋襯衫的衣領，同時寫上「姐妹」二字。

棋國王依然在山洞裡沉睡。

愛麗絲解下身後的金喇叭，走至棋國王身邊。

「我的臣下，妳知道這麼做的後果？」棋國王說著夢話：「仔細思考，這真的值得嗎？毀去了仙境，現實也不一定會好轉。」
「沒有什麼值不值得，」愛麗絲搖頭：「這是我的選擇，我來到這裡不是為了放棄。」
「即使害死這麼多在乎妳、愛妳的人？」
愛麗絲搖頭：「我不後悔。」
「……」棋國王打著酣：「這是妳的選擇。」
愛麗絲點頭：「為自己的行為負責，這也是成熟，對吧？」
棋國王不再夢囈，只是平靜地睡著。
「……」她盯著棋國王，把喇叭口放到唇邊——
「吼——」愛麗絲吹響了金喇叭，從管裡傳出空洞巨龍的吼聲，在山洞裡反覆迴響。
棋國王猛地睜開雙眼，他的身軀開始像吹皮球一樣膨脹。
膨脹、膨脹、膨脹。
撐滿了山洞、撐滿了森林，棋國王的身體無限擴張，迅速撐滿了整個仙境。
然後，愛麗絲只聽見「啵」地一聲，如針尖刺破氣球。
夢中世界便不復存在。
不是黑色，也不是白色，宛如在大腦的坩鍋裡熬煮，只餘空曠卻充滿黏稠感的渾沌，這個空間裡什麼也沒有。

除了咽噎的哭聲，與兩道散發微光的人影。

「嗚嗚嗚嗚……」

「嗚嗚嗚……嗚……」

就像個小孩，因為頑皮而被關進房裡，那樣純潔無辜的哭泣。愛麗絲循著哭聲走近，看見一個小小的身影。

她抱著膝蓋蹲坐，整個人蜷縮起來，愛麗絲看不到她的臉。

「愛麗絲，妳為什麼要這麼做？」鈴聲般清脆的聲音響起，女孩邊哭邊說：「妳應有更好的方式。」

「妳是誰？」愛麗絲問。

「我是妳，」小女孩抬頭，稚嫩的臉上掛滿淚痕，她的長相與愛麗絲一模一樣：「或者說，是妳口中的仙境。」

愛麗絲一度以為她是紅心皇后，但她的頭髮是金色的、眼睛是碧藍的，與自己完全相同。她產生了站在鏡子前的錯覺，只不過對方更加年幼。

七歲，對方看起來就像七歲時的自己。

「愛麗絲，回答我，」她側頭，任淚珠橫過臉滴落：「以前當妳不開心時，妳來到我這，會和大夥說說話、唱唱歌，然後玩一點遊戲，那時總是充滿驚奇與喜悅，妳會帶著笑容迎來早晨。」

「但現在，為什麼事情會變成這樣？」
「我只是想和妳在一起，這樣錯了嗎？」
「快樂時光就不能永恆嗎？」
「嘿！明天，我們可以一起去採蘑菇，變大變小，然後到帽客那兒喝茶；或者到皇后那打沒有規則的槌球、去白王國下棋——這些對妳來說都不好玩了嗎？為什麼非要毀掉它們？」
女孩嘶叫：「告訴我！愛麗絲……求求妳告訴我！」
「我已經什麼都沒有了……妳還要離開我。」
她說著，把臉重新埋回雙臂間。
「……」愛麗絲沉默了一陣，才道：「我們承受太多的痛苦，也流了太多的血。」
「仙境無法永遠留住我，我會成長，遲早得要離開。」
「我曾喜歡這裡、喜愛仙境裡每一個角色，但當我長大，我卻開始憎惡起這個世界。」
「我很害怕，我想要成熟，但如果我不再是原本的我、仙境也不再是原本的仙境，這還有什麼意義？」
愛麗絲盡量以溫柔的語氣闡述，女孩聽著，身體一顫一顫，悶悶的聲音由兩臂間傳出：「雖然方式可能有點錯誤，但我也在改變，我們的努力，妳一點都沒看到嗎？妳創造我們，現在卻毀滅了我們。愛麗絲，如果妳不這麼做，我們將無數次地嘗試，直到妳接受夢境。」
「那樣有什麼不好？」

「妳現在做的事，和蠻橫的大人有什麼不同？」

「告訴我，妳讓一切都值得了嗎？」

愛麗絲再走近幾步，扶正女孩的臉，兩人四目相對：「聽著，我創造了妳們，妳們就像孩子、也像長輩。而我也是——我無法再繼續承受下去了，或許蠻橫的大人也有他們的理由。」

「無法否認，我會懷念仙境。」

「我會記得這裡每一張臉。」

「妳們帶給我的感覺，一切都將值得。」

「那些與大家的回憶，將讓我在現實中嶄露笑容。」

「我只能發誓，我會記得妳們。」

「永遠記得妳們。」

愛麗絲見對方還是滿臉淚水，於是蹲下並張開雙臂：「少來了，現在笑一個，然後給我一個擁抱，好嗎？」

女孩撲進愛麗絲的懷裡，她們的下巴互相抵在對方肩上，就這麼持續了好一陣子。

愛麗絲緊抱女孩，雙目凝視空曠的渾沌：「我真的很對不起……」

「如果妳真的感到愧疚，那就不要放手，好嗎？」

「對不起，妳那麼希望我留下，我卻選擇離開。」

「我當然希望妳留下，即使再多一天也好。」

「嗚嗚嗚……嗚嗚……」

「妳還在哭嗎？」愛麗絲輕撫對方的後髮，手中滑過柔順的觸感：「沒什麼好哭的，這只是暫時的分別，我們會再次相見。」

「真的嗎？」

「真的真的嗎？」

「真的真的真的嗎？」

女孩問了一次又一次，能感覺到她又抱得更緊了，愛麗絲拍拍她的背，說道：「當然是真的，所以現在，就說一聲『再見』吧。」

「……」

「我真不想說再見。」

「我一定得說嗎？」

「好吧。」

……

……

……

「掰掰，愛麗絲。」小女孩閉上眼睛，咻地，就這麼消失了。

愛麗絲還維持著擁抱的動作，她緊抱自己的胸口。

隨後一點點地、緩慢地闔上眼皮。

「掰掰，仙境。」

在最後一刻，雙眼閉上的那一瞬間，愛麗絲看見了——

瘋帽客、三月兔、睡鼠、柴郡貓、公爵夫人、白女王、蝴蝶、假烏龜、海象、木匠、叮噹姊與叮噹妹，還有紅心皇后。

紙牌士兵與侍者，怪物與角色，大家都和諧地站成一團。

此時此刻，所有人都回來了。

模模糊糊的視線裡，她看見每個人都在歡笑著，揮手道別。

愛麗絲微笑相應，揮了揮手，眼睛完全閉合。

……

……

……

……

她離開了仙境。

後話　倫敦1871

冬季剛過，初春的倫敦下起了大雪，以往昏暗的教室裡也因雪光反射，變得明亮了起來，那些大理石窗框都被裝上玻璃，抵擋外頭的冷風。

愛麗絲已經十七歲了。

距仙境滅亡已過了將近半年，愛麗絲的生活也重新步上軌道。在她醒來的隔天，父親就回到了家，據說是因為有位大人物寫信為父親擔保。沒有確切證據、又有權力人士相助，就算是皇家法院也難以定罪，他當天就獲得釋放。

而勞琳娜，儘管她已失蹤好幾個月，愛麗絲卻仍日復一日地等待著、堅信有天還會相聚，畢竟她可是遠超想像的厲害。

道奇森叔叔偶爾還是會拜訪家裡，他與父親的友誼依然如故，且在伊迪絲的全力勸說下，他總算沒因愛麗絲的關係而停筆，《愛麗絲鏡中奇遇》已到完稿階段。

至於伊迪絲，曾變賣藏書的她，最近開始自行寫作，從那之後，無論是道奇森叔叔拜訪，或二姊因助手身分趕赴他家，兩人都會展開熱烈的討論。

黛娜過世了。

已經十幾歲的老貓終究熬不過去年的寒冬，她在壁爐前的貓籃裡，安詳地迎來最後一刻。

愛麗絲想到親愛的黛娜，現在還是有些失落。

她搖搖頭，把難過的想法拋出腦海。
想起仙境的最後，她無時無刻不想著振作。
此時桌邊傳來聲響，愛麗絲轉頭，見到一位男學院的學生，他把書本放到桌上，封面標題是《愛麗絲夢遊仙境》。
「妳是愛麗絲嗎？」
「是的，我是。」
「如果可以的話……」對方深吸一口氣，顯得有些緊張：「能幫我簽名嗎？」
「當然，」愛麗絲笑道，她抽出修復好的鋼筆，在那襯頁上撇了幾筆：「喏，給你。」
對方道謝，帶著滿足的笑容返回。

回家的路上，愛麗絲懷裡抱著一袋剛烤好的麵包，與艾瑪在大道上走著。
「妳變得開朗多了，」艾瑪湊近：「也不像以往那樣，好像對很多事都抱持不滿。」
「有嗎？我倒不覺得。」
「該怎麼說？我覺得妳變了，變得像個姊姊一樣。」
「或許吧，」愛麗絲微笑：「那妳呢？作業完成了嗎？」
艾瑪一聽，臉頓時垮了下來：「拜託，愛麗絲……」
「哈哈……」

兩人閒聊了一陣，愛麗絲即與艾瑪道別。她步伐一拐，轉入旁邊的小巷。

這條小巷已接近貧民窟的邊界，陰暗且略顯髒亂，愛麗絲左拐右彎，終於在其盡頭見到一位小男孩。

當初那個求助於愛麗絲的小孩，他遮在破布下的右手上，纏著幾圈紗布。

「已經好得差不多了，」愛麗絲幫他拆下紗布，包裹處已沒再滲血，她重新為他包紮：「那警察也真是的，下手竟然這麼重。」

愛麗絲又發現對方死盯著她手裡的麵包袋。

「好吧，」愛麗絲無奈地笑，她掰下半條長麵包給小男孩：「快點，不要讓別人發現了。」

「大姊姊，這樣真的好嗎？」小男孩馬上咬了口麵包，並把剩下的大半藏在破斗篷裡：「您可能會遇到危險。」

「沒什麼，雖然有人不許我去做，但這是我想做的。」愛麗絲從口袋裡掏出一把防身小刀，在手上晃了晃：「而且我能保護自己。」

「您是個好心人，但我、我沒有什麼可以報答的。」

「那是現在，以後的事誰也說不準。」

小男孩沉默。

「現在和我保證，你以後不會變壞，好嗎？」

他用力地點頭，愛麗絲撫摸他的瀏海。

「下次見。」愛麗絲說著，走出小巷。

一回到家，愛麗絲與父親打了個招呼後，又在走廊上遇到了二姊。

「愛麗絲，」二姊帶著很奇怪的笑容：「今天真是個好日子、真是個好日子呢！」

愛麗絲一頭霧水。

「發生了什麼嗎？」她問。

「回房間，妳會知道的，」二姊踮起腳尖，視線與愛麗絲齊平：「妳也許會驚喜、也許會害怕，但那對我來說，就像是夢想成真一樣。」

「我要出去一趟，記得泡好茶，道奇森叔叔晚點會來。」二姊隨手套上一件風衣，踮踮鞋，便跳著走出家門。」

愛麗絲還是搞不懂二姊這個人。她把茶壺滾沸放置，回到房間，正想換身衣服，忽然發現書桌上多了點東西。

那是一本筆記，與一個厚厚的信封袋。

她見過那本筆記，就是二姊平時在用的。其中一頁夾著書籤，愛麗絲翻開來看。

小小的女孩離開了那個世界。

愛對她來說也不再困難。

麗人終將回歸，她如此相信。
絲絲的雨，絲絲的雪，街道與行人不再巨大。
驚訝地，小小的女孩驚覺自己已經成長。
喜悅滿溢她的心窩。
就這樣，可能有些遺憾，可能有些悲傷。
在這個初春，她獲得了些許的成熟。
信步遊蕩，童年已然遠去，回顧過去，前進的動力依然存在。
封存在心底，童年的愛與希望，小小的女孩一直感受得到。
裡面、就在裡面，心裡面、靈魂裡面，她會永遠記得過往。

類似詩歌或散文，愛麗絲弄不懂，二姊還在寫這個嗎？送給自己又有什麼意義？
愛麗絲看了一遍又一遍，然後她發現了玄機。
藏頭文？愛麗絲手指一個字就唸一個字，接連滑到下一個——
「小．愛．麗．絲．驚．喜．就．在．信．封．裡？」
「驚喜就在信封裡？」
她狐疑著拆開信封，拿出一疊紙張。
「!?」這是一份原稿，第一頁第一行，標題上寫著《愛麗絲鏡中奇遇》。

她隱約聽見由客廳傳來的問候聲，之後又變成了激烈的辯論，愛麗絲想伊迪絲和道奇森叔叔又聊上了，其間還有父親低沉的笑聲。

她伸手，手指輕輕滑過原稿的頁面。

Wonderland、鏡之國、夢奇地、仙境……

她的眼眶微微發熱。

「我就說，」愛麗絲嘴角勾起一抹弧線：「**我們會再次相見。**」

……

……

……

「哼哼哼哼——哼——哼哼——」

愛麗絲用鼻子哼著小曲，翻開書頁。

THE END

【作者後記】

大家好，我是正把作業連同肝臟一起獻給大學教授的小葉欖仁。

「如果做動畫也能如寫小說般刷刷地弄出一堆內容就好了」時常連夜製作作品的我如此想到。未來願景是親手將自己小說動畫化的我，在個人短片與高油鹽宵夜面前遭遇重大危機！

——閒話到此為止，首先非常感謝，在如此繁忙的生活中，您還能將《愛麗絲之後》拿在手裡，並閱讀到此。本作是我人生中第一份出版品，也是身為創作者的起點。

小說。

模型。

動畫。

在所有我從事的創作活動中，小說寫作是最早開始的，同時也是第一個獲得如此成績的。從國中開始寫作的我，終於也能在後記跟各位讀者對話了呢，既然有這個機會，我想說說關於《愛麗絲之後》的創作觀。

想以愛麗絲做為題材的念頭，是從玩了《愛麗絲驚魂記：瘋狂再臨》後開始的，雖然該作在遊戲性上有待商榷，但它邪惡獵奇的美術設計與演出，實在對當時高一且熱愛原著的我造成巨大衝擊；之後又去玩了二〇〇〇年出品的《愛麗絲驚魂記》一代，粗糙的畫面卻有比續作更為出色的風格與氛圍渲染，更奠定了本作往成人童話方向發展的基礎。

之後又陸續玩了《生化奇兵》、《心靈殺手》、《Undertale》、《古墓奇兵》等作，作為深度玩家不免受到其影響，因此若在本作中看到冒險遊戲、單／雙線RPG的既視感，純屬自然現象，請安心服用並開啟二周目。

而故事部分，由於這本書的寫作期剛好是在高中考大學的那段時間，升學壓力與即將邁向新生活的不安，還有那段時間與家人時不時的爭執，成為了故事的核心價值——幼稚與成熟、愛與對未來的展望等等。

這些在學測時期聽都聽煩、看都看煩了。

我其實很不喜歡說教類文章，相信很多讀者也和我一樣，既然要看文字，就要看自己喜歡的。所以要寫，也是寫自己最喜歡的。

兇殺獵奇、精神分裂、迷幻感與滿滿的諷刺性對話、部分克蘇魯風格描述，還有一些文學與電影梗，出於興趣把主要角色全部設定成女性，一邊發洩一邊寫好玩的，在如此過癮的狀態下弄出的產物，就是本作的全部。

因此這部作品，與其說是包著糖衣的毒藥，不如說是包著毒藥的糖、然後糖裡又包著莫名其妙東西的混和物更為適切。

如果是喜歡這部作品的人，那我們一定很容易就能成為朋友，我是這麼認為的。

然而我的朋友也不多，看到這裡的各位，也不用勉強來和我交朋友，沒關係的。

真的沒關係。

有什麼好在意的呢？

我真的不care喔。

——咳，總之篇幅到這裡也差不多了，最後要感謝金車大賞評委、秀威的編輯與成書人員，還有一直支持我到現在的家人師長們，當然還有為數不多的朋友、與正在觀看此書的你們，正因為有了各位，我才能站在作者的立場上說話，感激不盡。

下本書再見吧。

釀奇幻23　PG2156

愛麗絲之後Alice In Afterland

──第四屆金車奇幻小說獎決選入圍作品

策　　劃　金車文教基金會
作　　者　小葉欖仁
責任編輯　喬齊安
圖文排版　林宛榆
封面設計　楊廣榕

出版策劃　釀出版
製作發行　秀威資訊科技股份有限公司
114 台北市內湖區瑞光路76巷65號1樓
電話：+886-2-2796-3638　傳真：+886-2-2796-1377
服務信箱：service@showwe.com.tw
http://www.showwe.com.tw
郵政劃撥　19563868　戶名：秀威資訊科技股份有限公司
展售門市　國家書店【松江門市】
104 台北市中山區松江路209號1樓
電話：+886-2-2518-0207　傳真：+886-2-2518-0778
網路訂購　秀威網路書店：https://store.showwe.tw
國家網路書店：https://www.govbooks.com.tw
法律顧問　毛國樑　律師
總 經 銷　聯合發行股份有限公司
231新北市新店區寶橋路235巷6弄6號4F
電話：+886-2-2917-8022　傳真：+886-2-2915-6275

出版日期　2018年10月　BOD一版
定　　價　250元

Printed in Taiwan

國家圖書館出版品預行編目

愛麗絲之後：金車奇幻小說獎決選入圍作品. 第四屆 / 小葉欖仁著. -- 一版. -- 臺北市：釀出版, 2018.10

面；　公分. -- (釀奇幻 ; 23)

BOD版

ISBN 978-986-445-280-4(平裝)

857.7　　107015708

讀者回函卡

感謝您購買本書，為提升服務品質，請填妥以下資料，將讀者回函卡直接寄回或傳真本公司，收到您的寶貴意見後，我們會收藏記錄及檢討，謝謝！

如您需要了解本公司最新出版書目、購書優惠或企劃活動，歡迎您上網查詢或下載相關資料：http:// www.showwe.com.tw

您購買的書名：________________________________

出生日期：__________年__________月__________日

學歷：□高中（含）以下　□大專　□研究所（含）以上

職業：□製造業　□金融業　□資訊業　□軍警　□傳播業　□自由業

□服務業　□公務員　□教職　□學生　□家管　□其它_____

購書地點：□網路書店　□實體書店　□書展　□郵購　□贈閱　□其他

您從何得知本書的消息？

□網路書店　□實體書店　□網路搜尋　□電子報　□書訊　□雜誌

□傳播媒體　□親友推薦　□網站推薦　□部落格　□其他__________

您對本書的評價：（請填代號　1.非常滿意　2.滿意　3.尚可　4.再改進）

封面設計____　版面編排____　內容____　文／譯筆____　價格____

讀完書後您覺得：

□很有收穫　□有收穫　□收穫不多　□沒收穫

對我們的建議：________________________________

____

____

____

請貼
郵票

11466
台北市內湖區瑞光路 76 巷 65 號 1 樓

秀威資訊科技股份有限公司 收

BOD 數位出版事業部

（請沿線對折寄回，謝謝！）

姓　　名：________　年齡：____　性別：□女　□男

郵遞區號：□□□□□

地　　址：________

聯絡電話：(日)________　(夜)________

E-mail：________